Eric Manz

Eingemauert

Mödling-Krimi

1

Die Inspektor Felber Kriminalromane von Eric Manz:
»Der Tod trägt weiß«, 978-3-902784-40-7
»Der Tod spielt mit«, 978-3-902784-57-5
»Der Tod zielt gut«, 978-3-903092-18-1
»Der Tod hält Hochzeit«, 978-3-903092-93-8

Die Sopic-Kriminalromane von Eric Manz:
»Spaziergang in den Tod«, 978-3-99074-026-2
»Die Tote am Denkmal«, 978-3-99074-070-5
»Tote fliegen nicht», 978-3-99074-114-6
»Auch Tote schwimmen, 978-3-99074-160,3

Die Major Höfer-Kriminalromane von Eric Manz:
»Eingemauert«, 978-3-99074-206-8

Eric Manz wurde 1943 in Mödling geboren. Nach seinem Studium an der TU Wien übernahm er bis zu seiner Pensionierung den väterlichen Gewerbebetrieb. Als leidenschaftlicher Leser schloss er sich vor einigen Jahren einer Schreibgruppe an.

Weitere Veröffentlichungen:
Div. Kurzgeschichten in der Zeitschrift »Yacht-Info«
»Die Sandale Christi«, Roman, ISBN 3-902518-58-8
Kurzgeschichte aus »Wassergeschichten aus Niederösterreich« ISBN 3-9500692-9-1
Kurzgeschichte aus »Österreicher erleben Geschichte« ISBN 3-902397-74-8
Kurzgeschichte aus »Mödlinger Stadtbuch – Zwischenräume« ISBN 3-900602-32-8

Eric Manz

Eingemauert

Mödling-Krimi

federfrei
www.federfrei.at

1. Auflage
Marchtrenk, 2022
www.federfrei.at

Umschlagabbildung:
© Giuseppe Blasioli - Adobe Stock
Lektorat: E. Reisinger
Satz und Layout: Verlag federfrei
Printed in EU

ISBN 978-3-99074-206-8

»In der Mauer, in der Mauer liegt 'ne kleine …«

In Abwandlung eines Kinderlieds aus Nürnberg,
ca. 1890 erstmals gedruckt.

Im Original heißt es:
»Auf der Mauer, auf der Lauer sitzt 'ne kleine Wanze …«

Kapitel 1

Eigentlich fing alles ziemlich harmlos an. Major Paul Höfer, einer der führenden Köpfe bei Diebstahl und Raub im Landeskriminalamt Wien, hatte seinen Abschied eingereicht. Ausschlaggebend schien unter anderem der letzte Fall gewesen zu sein, der ihn nicht gerade mit Ruhm überhäufte.

Die Schuld daran schob er seinen Vorgesetzten in die Schuhe.

Er war ein großer, breitschultriger Mann, ein durchdringender Blick aus seinen blauen Augen und der schmallippige Mund deuteten seine Härte an.

Auch besaß er einen Hang zu philosophischen Betrachtungen und zusätzlich beißenden schwarzen Humor. Kein Wunder, dass er in seiner Abteilung dafür gefürchtet war, ebenso wie für seinen Sarkasmus gegenüber der Political Correctness und der Schicki-Micki-Gesellschaft.

Regeln waren für ihn etwas, das man nur im äußersten Notfall einhalten musste. Das Gleiche galt für die Dienstetikette, an die er stets nur mit Schaudern dachte.

Aber, und das konnte ihm niemand streitig machen, er war der erfolgreichste Ermittler im Wiener Raub- und Diebstahldezernat.

Er selbst führte seine Erfolge auf die Art zurück, wie er die Fälle behandelte. Er arbeitete gerne alleine, sozusagen als einsamer Wolf. Es gab regelmäßig Streit, wenn ein Vorgesetzter ihn zwingen wollte, einen Kollegen beizuziehen, da dieser meinte, der Fall sei für einen Einzelnen zu groß.

Er liebte es, seine Ermittlungen undercover durchzuführen. Das stieß oft auf Unverständnis, denn ein Mann seiner Statur erregt doch Aufsehen.

Er tat es trotzdem und seine Erfolge bewiesen, dass sich auch ein Riese in ein Mäuschen verwandeln konnte.

Doch als er sah, wie beim letzten Fall, den er auf Geheiß seiner Vorgesetzten mit einer Kollegin lösen sollte, dass sein sogenannter Konkurrent, ein Privatdetektiv, diesen im Alleingang erfolgreich abschloss, hatte er genug von behördlichen Zwängen. Deshalb entschied er sich, seinen Dienst zu quittieren.

Er fasste diesen Entschluss, ohne daran zu denken, wie er sein Leben weiterhin gestalten wollte.

Da kam der Zufall ins Spiel.

Beim Besuch einer Freundin in Mödling erfuhr er von einem Haus, das zu einem überaus günstigen Preis zu erwerben war. Natürlich war es keine Villa, ein kleines Häuschen, bei dem man einiges renovieren musste. Das war es! Ein Neubeginn! Was er später aus seinem Leben machte, daran dachte er im Augenblick nicht.

Zum Glück kannte er jemanden, der ihm bei den Arbeiten behilflich sein konnte. Um der Wahrheit Genüge zu tun, eigentlich war er derjenige, der die Hilfsarbeiten erledigen musste, denn von Mauern, Mörtel und Verputz hatte er keine Ahnung.

*

Sein Chef, Oberst Hladek, hatte es sich nicht nehmen lassen, für seinen Abschied eine große Feier zu veranstalten.

Die »Adabeis«, wie Höfer sie verächtlich nannte, jene, die hofften, dass auch die »Seitenblicke« im Fernsehen einen Ausschnitt sendeten und sie sich dann in einem Interview wichtigmachen konnten, waren in großer Zahl erschienen. Natürlich auch die Leute aus seiner Abteilung, wobei Höfer mutmaßte, dass sie dazu verdonnert wurden.

»Das ganze Theater geht mir am Arsch vorbei«, knurrte Höfer, als der Oberst ihn schulterklopfend in die erste Sitzreihe zerrte.

Dann eilte dieser zum Rednerpult, räusperte sich und klopfte an das Mikrofon. Ein nervenzerfetzender Pfeifton erfüllte den Raum, die plaudernden Leute beendeten ihre Unterhaltungen. Hladek räusperte sich nochmal und neigte sich dann zum Mikrofon.

»Mein lieber Major Höfer«, begann er. »Ich darf doch Paul zu dir sagen?«

»Nein!«, murmelte dieser.

»Ich will jetzt nicht deine einzigartige Erfolgsgeschichte herunterleiern, die kennen wir ja alle. Ich möchte nur betonen, wie leid es uns allen tut, dass du uns verlässt. Aber, lieber Paul, sei versichert, dass wir dich in bleibender Erinnerung behalten.«

»Kann ich mir vorstellen«, brummte Höfer.

Der Applaus nach dieser Rede klang etwas verhalten.

Der Adjutant des Oberst hielt dem eine Schatulle hin.

»Damit du uns auch in schöner Erinnerung behältst, Ehre, wem Ehre gebührt, überreiche ich dir das Ehrenkreuz der Republik Österreich am silbernen Band. Tritt vor, lieber Paul.«

»Kann ich mir davon was kaufen?«, grantelte Höfer, erhob sich aber doch von seinem Sitz und ging nach vorne. Der Oberst heftete ihm den Orden an die Brust, klopfte ihm auf die Schulter und schüttelte ausgiebig seine Hand.

»Jetzt bist du mit einer Rede dran«, sagte der Oberst.

Höfer war das nicht recht. »Auf keinen Fall«, protestierte er.

»Doch, doch«, ermunterte ihn der Oberst und schob ihn zum Pult.

»Ich denke, ihr habt mich hier lange genug ausgehalten«, begann Höfer zögernd. »Für mich beginnt nun ein neuer Abschnitt meines Lebens. Aber ich bin sicher, ihr werdet mich trotzdem nicht so schnell vergessen.«

Vereinzelt hob Gelächter an.

»Da ich mich nicht zur Ruhe setze, werdet ihr sicher noch öfter an mich denken. Kurze Rede, langer Sinn, und jetzt – das Buffet ist eröffnet.«

Das wollte eigentlich der Oberst sagen, deswegen brachte das Höfer einen verärgerten Blick ein.

Ihm war das gleichgültig, Hauptsache, diese ganze Prozedur war endlich überstanden.

Der Festsaal leerte sich rasch.

Höfer hatte vor, sich sang- und klanglos aus dem Staub zu machen, doch ein Mann stellte sich ihm in den Weg. Breites Gesicht, graue Haare, ein umfangreicher Bauch. Höfer konnte sich nicht erinnern, ihn jemals gesehen zu haben.

»Es ist schade, dass Sie uns verlassen, Herr Major. Haben Sie schon Pläne für die Zukunft?«

»Ich ziehe mich in die Provinz zurück«, knurrte er. Warum sollte er dem Unbekannten seine Pläne darlegen?

»Ah! Schön!«, lächelte der Mann. »Was bevorzugen Sie denn? Die Berge, oder eher einen See?«

»Mödling!«, pfauchte Höfer. Er wollte den Mann endlich loswerden.

»Das ist gut. Genügend entfernt und doch nahe genug.« Der Mann fingerte eine Visitenkarte aus seinem Sakko und hielt sie ihm hin. »Zufällig besitze ich dort einige Liegenschaften. Wenn Sie also ein Haus …«

»Hab ich schon!« Höfer drehte sich abrupt um und ging.

»Diese Geschäftemacher kotzen mich an«, murmelte er wütend.

Dann entdeckte er einen anderen Mann, der gemütlich an einer Fensterbank lehnte. Ein leichtes Lächeln zog über sein Gesicht. Chefinspektor Andreas Plesser war einer der wenigen, die zu ihm so etwas ähnliches wie Freundschaft aufgebaut hatten.

»Eine tolle Rede hast du gehalten«, sagte Plesser. »Man konnte deutlich sehen, wie sich der Oberst gefreut hat.«

»Du weißt, wie egal mir das ist«, grinste Höfer.

»Aber der Orden – es muss schon eine ergreifende Sache sein, so etwas verliehen zu bekommen. Der erhält doch einen Ehrenplatz, nicht wahr?«

»Ja, in der Schatulle. Du glaubst doch nicht, dass ich deswegen auf den Opernball gehe. Was soll ich denn mit dem Klumpert?«

»Na, na!«, meinte Plesser. »Jetzt wird dein Name für spätere Generationen irgendwo in der Nationalbibliothek aufbewahrt. Das gelingt nicht jedem.«

»Pah!«, entgegnete Höfer.

»Du siedelst dich jetzt in Mödling an?«

»Woher weißt du das?«

»Hab es mitbekommen, als du mit diesem Immobilienhai gesprochen hast«, sagte Plesser.

»Ein sehr sympathischer Mensch«, meinte Höfer ironisch. »Kennst du ihn?«

»Wohl oder übel«, seufzte Plesser. »Er drängt sich einem geradezu auf. Vor allem, wenn man eine einigermaßen bekannte Person ist. Da kommst du ihm nicht mehr aus. Ein typischer ›Seitenblicke-Mann‹. Er heißt Karolus Hauser und ist, wie gesagt, in der Immobilienbranche tätig.«

»Meinem Gefühl nach hat der Mann Dreck am Stecken«, brummte Höfer.

»Dein Gefühl!«, grinste Plesser. »Ehrlich gesagt hatten wir

ihn schon einige Male am Kieker, konnten ihm aber nie etwas nachweisen. Er bleibt ein unbescholtener Bürger.«

»Hätte ich doch mit ihm wegen eines Hauses verhandeln sollen? Dann bekämen wir ihn vielleicht wegen Betruges dran.«

Jetzt musste Plesser lachen.

»Aber doch nicht bei dir. Seine Opfer sucht er sich schon genau aus. Du bist doch eine Bekanntheit, da würde er das nie tun. Im Gegenteil, ein Hauskauf bei ihm brächte dir einen eklatanten Preisvorteil.«

»Verdammt!« Höfer schlug seine Faust in die Handfläche. »Wieso habe ich den Mann nicht früher kennengelernt?«

»Du bist eben nicht auf der Höhe der Zeit, mein Lieber.«

»Darüber bin ich sehr froh«, knurrte Höfer.

»Stell dir vor, dein Freund Hauser ist auch karitativ tätig. Er unterhält mit einigen gutbetuchten Herren einen Verein, der sich um hilfsbedürftige Mädchen kümmert. Waisen, junge Frauen, die auf der Straße leben oder von zu Hause weggelaufen sind, werden von ihm betreut. Er hat in Mödling eine große Villa nahe des Waldrandes, wo sie untergebracht sind. Angeblich werden sie dort geschult, auf Berufe vorbereitet, um ihnen den Schritt ins selbstständige Leben zu erleichtern.«

»Und, hat er damit Erfolg?«

»Keine Ahnung! Nachdem der Verein nicht um staatliche Hilfe ansucht, ist eine Kontrolle nicht möglich. Hin und wieder gibt es eine Presseaussendung, dass zwei oder drei Mädchen ihre Lehre abgeschlossen haben und an Betriebe vermittelt wurden. Diese befinden sich aber immer weit im Westen oder im nahen Ausland. In Mödling hat es anscheinend noch kaum ein Mädchen in eine Firma geschafft.«

»Naja, uns kann es egal sein«, meinte Höfer.

»Du wirst also jetzt Mödlinger«, stellte Plesser fest. »Dein Haus – ist es groß, klein, hat es einen schönen Garten?«

»Eigentlich ist es eine Bruchbude«, seufzte Höfer. »Etwas Besseres konnte ich mir nicht leisten. Muss allerhand herrichten. Aber das hat auch etwas Gutes. Ich werde keinen Pensionsschock erleiden. Obwohl ich nicht in Pension gehe.«

»Was wirst du denn jetzt machen? Gibt es schon Pläne?«

Höfer zuckte mit den Schultern. »Keine Ahnung. Vielleicht werde ich Privatdetektiv? Man wird sehen.«

»Oh weh! Der Nächste, der am Hungertuch nagt.« Plesser schüttelte den Kopf. »Aber etwas anderes, wenn dein Haus erst hergerichtet werden muss, schläfst du bis dahin im Hotel?«

»Nein! Das ist viel zu teuer. Irgendeine Ecke in der Hütte muss dafür herhalten. Die Renovierung wird ja nicht so lange dauern, hab schon einen kompetenten Mann, der mir hilft. Und wenn alle Stricke reißen, bei einer Bekannten von mir, sie besitzt übrigens in Mödling ein Kaffeehaus, kann ich sicher für einige Tage unterkomme, sie mag mich nämlich.«

»Oje, wenn das nur gut geht«, lachte Plesser. »Du, als eingefleischter Junggeselle? Das wird bestimmt heiter.«

*

Höfer fuhr nach seinem Zusammentreffen mit Plesser nach Mödling. Das Buffet ließ er sausen. Er hatte keine Lust, sich mit Menschen, die ihn ohnehin nicht mochten, einem seichten Geplauder hinzugeben.

Viel mehr interessierte ihn, wie sein Helfer Sabomir mit der Baustelle zurechtkam. Im Grunde genommen war Sabomir Savic derjenige, der bestimmte, was wo geschah. Aber es hörte sich besser an, wenn er erzählte, dass er den Umbau leitete.

Zuerst hielt er aber auf der Hauptstraße bei Uschis Café an. Er war durstig und mit einem kleinen Bier konnte er diese dumme Feier in Wien eher vergessen.

In dem Lokal war es ruhig, nur hinten in der Ecke saßen einige Jugendliche, lachten, kicherten und zeigten sich gegenseitig auf ihren Smartphones verschiedene Videos.

Ursula Mores stand hinter dem Tresen und polierte Gläser, die sie dem Geschirrspüler entnahm. Dunkles langes Haar fiel auf die Schultern ihres schlanken Körpers.

Höfer setzte sich vor ihr auf einen Barhocker.

Ursula rieb intensiv an ihrem Glas, dass sich anscheinend der Reinigungskraft der Spülmaschine widersetzt hatte.

»Grüß dich!«, sagte Höfer.

Sie blickte auf. »Oh, der Herr gibt uns auch wieder einmal die Ehre? Vierzehn Tage lässt er sich nicht blicken und dann schneit er einfach so herein?«, sagte sie schnippisch.

»Uschi, vorvorgestern war ich das letzte Mal da, hast du das vergessen?«, korrigierte Höfer.

»Tatsächlich? Es kam mir länger vor. Warum kommst du nicht wie ein normaler Mann zumindest einmal am Tag vorbei?«

»Weil ich einen Beruf habe, der das nicht zulässt?«

»Dein Beruf! Sich immer mit Kriminellen auf der Straße herumzutreiben ist doch keine Beschäftigung.« Sie begann ein anderes Glas zu polieren.

»Ist es nicht? Stell dir vor, uns gäbe es nicht. Dann kommt jemand in dein Lokal, zieht dir eine über die Rübe und plündert die Kassa. Das Geschrei nachher möchte ich nicht hören.«

»Das wird nie geschehen. Ich bin bewaffnet.« Sie deutete unter die Theke.

»Was? Bist du verrückt? Wenn das jemand anderer erfährt, wirst du eingelocht.« Er war aber doch neugierig und beugte sich über den Tresen. »Lass sehen.«

Sie zog das Ende eines Baseballschlägers hervor. »Na, zufrieden? Ist zwar keine Kalaschnikow, genügt aber für einen dummen Räuber.«

»Sei bitte vorsichtig, Uschi, die haben meistens auch eine Waffe. Ich will nicht, dass du verletzt wirst oder tot bist.«

»Das hast du lieb gesagt, Pauli. Du sorgst dich ja doch um mich«, lächelte sie ihn an.

Ursula schob den Schläger ins Fach zurück und tätschelte seine Wange.

»Lass es gut sein«, knurrte Höfer und zuckte zurück.

»Ich möchte wissen, ob du bei den ›Damen‹, die du auf der Straße triffst, auch so reagierst, ha?«

Höfer begann zu lachen. »Uschi, Uschi, bist du etwa eifersüchtig?«

»So weit kommt es noch«, blaffte sie. »Trink dein Bier aus und verschwinde. Hast sicher noch genug zu tun.«

»Wie immer. Ha! Jetzt hätte ich beinahe vergessen, weshalb ich hier bin. Ich wollte dir sagen, dass heute mein letzter Tag bei der Polizei war.«

»Ehrlich? Haben sie dich endlich rausgeschmissen?«

»Nix da! In Ehren entlassen. Hab sogar einen Orden bekommen. Willst du ihn sehen?« Er griff in seine Sakkotasche.

»Nicht jetzt. Du kannst ihn dir umhängen, wenn du mich daheim besuchst.« Uschi setzte ein spitzbübisches Grinsen auf. »Ist es ihnen also gelungen, dich in die Pension hochzuloben, wer hätte das gedacht?«

»Keine Pension. Muss mir noch überlegen, was ich mache. Im Augenblick bin ich Maurer. Aber das füllt mich sicher nicht aus.«

»Wie wäre es mit Wirt in einem Kaffeehaus? Da lernt man immer interessante Leute kennen, bessere als die auf der Straße.« Uschi zwinkerte ihm zu.

»Nein! Das ist nichts für mich und das weißt du genau. Ich käme vor Langeweile um.«

»Na gut, dann eben nicht«, sagte sie pikiert.

Höfer trank sein Bier aus und stand auf.

»Wir sehen uns.«

»Wir sehen uns!«, kam ihr Echo, sie warf ihren Putzlappen auf die Theke. »In drei, oder in vier Wochen?«

»So bald wie möglich«, erwiderte Höfer und winkte ihr im Gehen zu.

»Am besten du kommst nie mehr«, brummte Uschi und schnupfte auf.

Kapitel 2

Etwas verärgert über Uschi fuhr Höfer zu seiner Baustelle. Alles wie immer, fand er und sah nach seinem Helfer.

»Wir Schluss für heute, Chefe?«, fragte Savic und blickte auf seine Uhr.

»Das würde dir so passen«, polterte Höfer. Er überlegte und dabei fiel sein Blick auf den gemauerten Pfeiler, der völlig unmotiviert mitten in dem Raum stand, der einmal das Wohnzimmer werden sollte.

»Hat der irgendeine Funktion? Was meinst du, Sabo?«

Savic ging mit prüfendem Blick um den Pfeiler herum.

»Denke, nein. Hält Haus nicht zusammen, Chefe.«

»Gut! Dann reißen wir ihn weg. War mir immer schon ein Dorn im Auge.«

»Mach ich, Chefe!«, sagte Savic, drehte sich um und holte einen Vorschlaghammer aus dem Vorraum.

»Vorsicht, Chefe«, rief Savic und schlug zu. Zweimal! Dann wurde ein Loch sichtbar, ein Hohlraum, in dem die Ziegelsplitter verschwunden waren.

»Warte!«, schrie Höfer, als Savic erneut ausholte. »Kann es sein, dass es sich um einen Rauchfang handelt?«

Savic zuckte die Schultern.

»Komm, das schauen wir uns von draußen an. Da müsste ja der Kamin zu sehen sein.«

Die Dachfläche war vollkommen leer, erst beim First ragten zwei Rauchfänge aus dem Dach.

»Was haben sich diese Idioten nur gedacht, als sie dieses Trumm aufstellten?«, grantelte Höfer.

»Vielleicht ist Schatz drinnen?«, begann Savic zu fantasieren. »Ich will Hälfte, Chefe!«

»Na klar! Willst du dir nicht gleich alles unter den Nagel reißen? Brauchst nur noch einmal zuschlagen und mich betonierst dann irgendwo ein.« Höfer lachte dröhnend auf.

»Du reden schlecht, ist nicht lustig«, sagte Savic gekränkt.

»Entschuldige, Sabo! Komm, sehen wir nach, was sich in diesem Loch verbirgt.«

Savic versuchte mit leichten Schlägen das Loch zu vergrößern, dann ließ er den Vorschlaghammer fallen.

»Zu schwer«, seufzte er. »Hole Fäustel und Meißel, Chefe.«

»Bring auch eine Taschenlampe mit«, rief Höfer ihm nach.

Nachdem fünf Ziegel gelöst waren, nahm Savic die Taschenlampe und leuchtete in das Loch. Ein gurgelnder Laut, ein Schrei – dann ließ er die Lampe fallen und sprang zurück.

Höfer, der an der Fensterseite nach etwas gekramt hatte, blickte auf.

»Was ist denn? Hast dir auf den Finger geschlagen?«

»Nix, Chefe, ein Geist! Jesu Christo!« Er bekreuzigte sich.

»Bist auch schon deppert worden?«, grantelte Höfer. »Wo soll denn plötzlich ein Geist herkommen? Lass sehen.«

Er ging zu dem Loch und leuchtete hinein. Eine schaurige Fratze grinste ihm entgegen.

»Verdammt!«, keuchte er. »Was ist denn das?«

Hatte jemand hier eine Leiche entsorgt, oder war es eine Gummipuppe, die nach irgendeinem Halloween-Fest eingemauert wurde?

»Das müssen wir uns näher ansehen«, sagte er zu Savic. »Mach weiter, Sabo, aber vorsichtig.«

»Na, Chefe!«

Er bekreuzigte sich nochmals mit zitternder Hand.

»Besser wieder zumachen, Chefe. Nix gut!« Er nahm einen Ziegel in die Hand.

»Bist du blöd? Leg den Ziegel wieder weg. Wir müssen das Loch größer machen. Gemma!«

Savic schüttelte den Kopf. »Ich nicht können, Chefe. Gott sagen, Leiche in Ruhe lassen, sonst du verdammt!«

»Idiot!«, murmelte Höfer. Er dachte nach und musste mit einem Mal grinsen. »Wie wäre es mit einem Extrabonus, Sabo?«

Doch Savic streckte nur abwehrend die Arme aus.

»Chefe, lieber andere Arbeit.«

»Mist!«, fluchte Höfer. »Also gut, mach im Schlafzimmer weiter.«

Er stöhnte auf und schüttelte sich. »Immer wenn es heikel wird, muss ich die Arbeit tun, bin doch kein Maurer«, lamentierte er und nahm Hammer und Meißel zur Hand.

Bald war das Loch groß genug und der Leichnam freigelegt. Zu seiner Überraschung war es kein Gerippe, die Haut spannte sich über das gesamte Knochengerüst, die Leiche sah aus wie eine Mumie, bei der man vergessen hatte, sie einzubalsamieren. Am Rücken liegend, die Beine angezogen.

Hätte er doch den Pfeiler stehen lassen. Aber nein, er musste ja immer seinen Willen durchsetzen. Jetzt durfte er die Polizei rufen und die Arbeit kam sicherlich zum Stillstand.

Kapitel 3

Obwohl es Höfer innerlich widerstrebte, es musste sein, wenn man einen Toten in seinem Haus fand.

Er zog das Handy aus der Tasche.

»Inspektion Mödling!«, quakte es.

»Hören Sie, ich habe gerade eine Leiche gefunden.«

Schweigen im Lautsprecher, dann ein kurzes Auflachen. »Ich bitte Sie, der Fasching ist längst vorbei. Lassen Sie sich etwas Besseres einfallen.« Es tutete aus dem Lautsprecher. Hatte der tatsächlich aufgelegt?

»Haben sie dem Mann ins Hirn geschissen?«, ärgerte er sich.

Er wählte erneut.

»Major Höfer!«, meldete er sich diesmal, als abgehoben wurde. »Verbinden Sie mich mit Chefinspektor Plesser, aber fix!«

Nach einer sekundenlangen Pause schmetterte der Beamte ein »Jawoll, Herr Major!« zurück. Da schau her, kaum spricht man einen Titel aus, wird er zackig.

»Hallo, Herr Major«, tönte es aus dem Lautsprecher. »Wie geht's? Ist dir schon fad in der Pension?«

»Bin nicht in Rente und das weißt du«, knurrte er.

»Dann hast du Sehnsucht nach mir?«, lachte Plesser.

»Den Teufel hab ich!«, brummte Höfer. »Ich hätte dich nicht aus deinem Büroschlaf gerissen, wenn nicht etwas völlig Unerwartetes geschehen wäre. Ich habe eine Leiche gefunden.«

»Was? Ich hoffe aber nicht im Keller.« Plesser schien an einen Scherz zu glauben.

Höfer erzählte kurz, wie es zu dem Fund kam.

»Hättest du nicht die Mauer stehen lassen können? Jetzt bekomme ich Arbeit, die mir im Augenblick gar nicht passt«, jammerte Plesser.

»Ich helfe dir«, sagte Höfer. »Ich wollte dich ohnehin bitten, mich einzubeziehen. Mit meiner jahrelangen Erfahrung bin ich sicher eine große Hilfe.«

»Untersteh dich! Du bist nicht mehr im Dienst. Lass die Finger davon!«

»Ja, ja!«, brummte Höfer und dachte daran, wie er immer mit Verboten umgegangen war. Sie scherten ihn nicht.

»Pass auf, ich schicke dir meine besten Männer. Ich muss nur unseren Pathologen erwischen. Hoffentlich treibt er sich nicht auf der Straße herum.«

»So einen brauche ich nicht. Schaut er sich nach Weibern um und überlegt, wie er sie auf den Tisch in der Prosektur bringt?«

»Nein, nein, Doktor Piker ist ein hervorragender Mann. Er hat nur einen Fehler – er übt pausenlos für einen Triathlon. Ich fürchte nur, dass er den nie bestreiten wird.«

*

Warten war nicht so seine Sache. Es juckte Höfer in den Fingern, die Leiche selbst zu untersuchen, doch er zähmte sich. Er wusste, dass die Spurensicherung an jedem Tatort alles registriert, ehe der Pathologe den Leichnam begutachten durfte. Wenn er nun etwas berührte oder angriff, konnte die Spusi daraus vollkommen falsche Schlüsse ziehen.

Aber einfach nur dasitzen und in die Luft schauen konnte er auch nicht.

Er sah sich noch einmal die Mumie an. War sie männlich oder weiblich? Er konnte es nicht feststellen.

Im Augenblick ist es egal, dachte er, aber wer zieht einen Pfeiler bis zur Decke hoch, um eine Leiche einzumauern? Da hätte doch auch ein Block mit einem Meter Höhe genügt, den man als Ablage kaschierte. Gab es vielleicht einen weiteren Leichnam oberhalb? Das würde Sinn ergeben.

Er holte eine Leiter und nahm das Maurerfäustel zur Hand. Kaum hatte er die ersten Schläge gemacht, um einen Hohlraum zu finden, stand Savic im Zimmer.

»Was du machen, Chefe? Ah, will nix wissen. Chefe, Lieferung ist gekommen, du unterschreiben, ja?«

Verärgert stieg Höfer von der Leiter. »Das hättest du auch machen können, Sabo.«

»Na, na, nix meine Baustelle. Du machen.«

Gemeinsam gingen sie zur Haustüre.

»Ah, endlich weiter verputzen«, freute sich Savic.

»Ja, aber mach das anständig, kein Husch-Pfusch, verstanden?«, grantelte Höfer.

»Chefe, du sehen, wird Kunstwerk!« Savic küsste seine Fingerspitzen.

»Kunstwerk brauch ich keines, nur einen anständigen Putz.«

Kaum war der Wagen weg, der die Baumaterialien geliefert hatte, blieben zwei Autos vor dem Haus stehen. Aus dem PKW stiegen zwei in Zivil gekleidete Personen und kamen auf ihn zu.

»Herr Major?«, fragte der eine. Höfer nickte. »Abteilungsinspektor Kerbl!« Er reichte ihm die Hand.

»Gruppeninspektor Rothe!«, sagte der andere.

»Dass ihr auch schon da seid!«, knurrte Höfer.

»Glauben Sie, wir sitzen Däumchen drehend in der Inspektion und warten, dass etwas geschieht? Wir haben genug anderes zu tun«, wies ihn Kerbl zurecht.

Höfer musste innerlich grinsen. Ein Mann mit Charakter, dachte er, in Wien hatten seine Untergebenen nie Widerspruchsgeist bewiesen. Mittlerweile standen drei weiß gekleidete Spurensicherer vor ihm.

»Also, dann kommen Sie herein mit Ihrer Truppe. Schuhe ausziehen müssen Sie nicht.«

Kerbl sah ihn einschätzend an, er wusste anscheinend noch nicht, was er von ihm halten sollte. Dann fiel ihm ein, dass er diesen Mann kannte. Major, der Name Höfer, das markante Gesicht – er hatte doch seinem Freund Manfred Sopic die Identität dieses Herrn zugeschickt, als der auf Mörderjagd am Gardasee war. Wieso tauchte dieser Mann jetzt in Mödling auf? Er beschloss vorerst, es für sich zu behalten.

Kerbl drehte sich zu seinen Männern um. »Also Leute, dann gehen wir es an. Herr Major, Sie führen uns?« Dann wandte er sich an einen dicken Mann: »Max, alles genau nach Vorschrift, ja?«

Höfer lachte auf. »Ha! Vorschriften brauche ich keine. Ergebnisse sind mir wichtiger.«

»Und wenn die Ergebnisse vor Gericht nicht halten, weil die Vorschriften nicht eingehalten wurden?«, ätzte Kerbl.

Der Mann ist gut, dachte Höfer, so einen hätte ich gerne in Wien gehabt.

»Na, dann kommen Sie«, brummte er. Seine Rolle als grantigen Mann konnte er nicht so schnell aufgeben.

Kurz darauf standen sie vor dem Pfeiler.

»Heute ist mein Glückstag«, sagte Max, strich über seinen Bauch und stieß pfeifend den Atem aus. »Endlich eine Leiche zu ebener Erde.«

»Apropos!«, ließ sich der Major vernehmen und wandte sich an Kerbl. »Haben Sie schon jemals mit einem Mord zu tun gehabt?«

»Es ist nicht der erste und sicherlich nicht der letzte.« Kerbl ging der Major langsam auf die Nerven. »Alle wurden aufgeklärt und die Mörder gefasst. Von mir!«, setzte er noch hinzu.

»Oho! Sie sind also sozusagen der Sherlock Holmes der Mödlinger Polizei.« Höfers Sarkasmus war nicht zu überhören.

»Mit Verlaub, Herr Major«, entgegnete Kerbl heftig. »Wir sind hier nicht in der Einöde. Oder glauben Sie, dass Morde nur in Wien geschehen? Und noch etwas. Es waren nie Einzelgänge, sondern immer Teamarbeit, die uns Erfolg brachten.«

Hatte ihn dieser Kerbl durchschaut? Höfer beschloss, nicht darauf zu antworten.

Max kniete vor dem Pfeiler und entfernte vorsichtig Ziegel und Schuttreste von der Mumie. Die beiden anderen untersuchten die Steine auf mögliche Fingerabdrücke.

Als er fertig war, stand Max mühsam keuchend auf.

»Wastl, ich hoffe, der Doc wurde verständigt«, sagte er zu Kerbl.

»Selbstverständlich. Aber du weißt ja, wie er ist.«

»Wie ist wer?«, ließ sich eine Stimme vernehmen.

Ein Mann schob sein Rennrad in den Raum. Ausgerüstet mit Radlerhose, einem engen bunten Leibchen und einem Sturzhelm.

»Was haben Sie hier zu suchen?«, schrie Höfer auf. »Wollen Sie in meinem Wohnzimmer ein Rundrennen veranstalten?«

»Hallo Doc!«, sagte Kerbl. »Gut, dass du schon da bist.«

»Wie immer habt ihr mich wieder zur falschen Zeit erwischt«, nörgelte der Doktor. »Könnt ihr eure Toten nicht dann finden, wenn ich nicht trainiere?«

»Darf ich vorstellen? Doktor Eugen Piker, unser Pathologe.« Kerbl sah die zweifelnde Miene Höfers.

»Lassen Sie sich nicht täuschen, Herr Major. Unser Doc hat allerhand drauf. Bei unseren Ermittlungen kamen wir durch ihn schon öfter auf die richtige Spur.«

»Einen eigenartigen Arztkittel hat er an«, brummte Höfer.

Piker lehnte sein Rad an die Mauer und ging zu dem Pfeiler.

»Sind meine Leute schon da?«, fragte er Kerbl.

»Gesehen habe ich sie nicht«, entgegnete dieser.

»Dann habe ich ja Zeit, die Sache genauer zu betrachten.«

Er hockte sich vor der Mumie hin.

»Hmm!«, sagte er schließlich und kratzte sich am Kopf. »Auf den ersten Blick sehe ich keine Verletzungen. Es könnte also ohne Weiteres sein, dass der Mann ... Halt! ... nein, ... es ist eine Frau.« Er drehte sich zu Kerbl um. »Es wäre doch möglich, dass die Frau hier verstorben ist und um Kosten für Grab und Begräbnis zu sparen, mauerte man sie ein. Was hältst du von meiner Theorie?«

»Nicht sehr viel«, meinte Kerbl.

»Das dachte ich mir. Jedenfalls ein sehr interessanter Fall.«

Piker wendete sich Höfer zu.

»Sagen Sie, Ihren Urlaub haben Sie nicht zufällig in Ägypten oder Guatemala verbracht und haben von dort die Mumie mitgebracht?«

Höfer schnappte nach Luft.

»Mir ist in Österreich kein einziger Fall mit einer luftgetrockneten Leiche bekannt«, fuhr Piker fort.

»Alles gibt es irgendwann zum ersten Mal«, mischte sich Kerbl ein. »Mit dieser Leiche kannst du berühmt werden, Doc.«

»Pfft! Als ob ich das brauche«, knurrte Piker.

»Ich weiß, berühmt wirst du durch deinen Triathlon-Sieg.« Kerbl lachte auf. »Da reichen sie dich dann bei den ›Seitenblicken‹ herum.«

»Quatsch! Sehe ich mir nie an.« Piker schaute auf seine Uhr. »Wo sind bloß meine Leute? Möchte wissen, wo die sich herumtreiben.«

Pikers Verdächtigung wegen der Mumie nagte noch immer an Höfer. Jetzt konnte er endlich zurückschießen.

»Wie der Herr, so das G'scherr!«

Richtig kam das aber nicht an, denn in diesem Augenblick erschienen Pikers Helfer.

»Endlich!«, sagte der Doc.

Die beiden stellten ihre Trage ab und hoben die Mumie unter heftigen Ermahnungen von Piker vorsichtig aus dem Loch.

»Den Deckel kriegen wir aber nicht zu«, bekrittelte der eine.

»Ich weiß!«, seufzte Piker. »Seht nach, ob wir eine Plane haben. Wir müssen sie unbedingt abdecken, die Luftfeuchtigkeit ist hier viel zu hoch. Ich hoffe, sie zerfällt nicht.«

Ein Spusi-Mann, der sich mit den Ziegelsteinen beschäftigte, hob einen hoch.

»Seht euch das an. Das sind doch Kratzer. Auch auf anderen Steinen habe ich die gefunden. So als ob die Frau lebendig eingemauert wurde und versucht hatte, sich zu befreien.«

»Wir sind doch nicht im Mittelalter«, warf Höfer ein. »Und so alt ist das Haus auch nicht. Wer macht denn so etwas?«

»Jemand, der keine blutigen Finger haben will?« Ob Kerbl das sarkastisch meinte, stand in den Sternen. Jedenfalls sah man überall betroffene Gesichter.

»Weitermachen müssen wir trotzdem«, sagte Max und befahl dem dritten Mann, im Loch nachzusehen, ob nicht irgendetwas Verwertbares zu finden war.

Dumpfes Pochen ließ sich plötzlich vernehmen.

»Gibt es in diesem Haus neben einer Leiche auch noch Geister?«, fragte Höfer unangenehm berührt.

»Na, da haben Sie sich ja das richtige Domizil ausgesucht.« Kerbl versuchte, in humorvoller Weise das Geschehen zu verarbeiten.

»Herrschaften!« Der Spusi-Mann blickte aus dem Loch. »Die Decke da drinnen ist aus Holz. Es könnte also ohne Weiteres sein, dass …«

»Oh nein!«, unterbrach ihn Max.

Höfer dachte daran, dass er diesen Verdacht schon hatte und nur durch das Erscheinen von Kerbl daran gehindert wurde, sich zu überzeugen.

Kerbl blickte auf seine Uhr. »Verdammt spät ist es. Aber es bleibt uns nicht erspart, nachsehen müssen wir.«

»Ein Gerüst wäre gut«, sagte der eine Spusi-Mann.

»Hab ich!« Höfer blickte sich um. »Im Nebenzimmer. Sabo verputzt gerade die Wand. Sabo!«, schrie er. Niemand meldete sich.

»Sie haben einen Helfer?«, fragte Kerbl.

»Naja, eigentlich bin ich der Helfer«, lachte Höfer. »Ich glaube, der hat sich dünn gemacht. Wenn er etwas von Polizei hört, verschwindet er. Mit der will er nichts zu tun haben.«

»Jetzt sagen Sie aber nicht, Sie beschäftigen einen Illegalen.«

»Aber wo. Ist ein waschechter Österreicher. Ein Kleinkrimineller, dem ich ein wenig helfen will. Damit er auf der geraden Bahn bleibt.«

Das Gerüst wurde aufgestellt und obwohl Max sich sträubte, musste er hinauf. Mit dem Fäustel klopfte er die Mauer ab. »Da klingt es tatsächlich hohl!«

Der zweite Spusi-Mann kletterte zu ihm und gemeinsam versuchten sie, einen Ziegel zu lösen. Nachdem der erste Stein weg war, ging es schneller.

»Mah! Das stinkt!«, rief Spusi-Mann zwei.

»In dem Hohlraum haben sich natürlich Gase angesammelt«, dozierte Doktor Piker.

Die einzelnen Ziegel wurden dem dritten Spusi-Mann gereicht, der sie eingehend untersuchte. Kratzspuren fand er keine.

»Ich sehe noch eine Mumie«, rief Max, er und sein Helfer ließen jetzt die Ziegel einfach fallen, um die Öffnung so weit zu vergrößern, dass sie die Leiche herausholen konnten. Dann stieg Doktor Piker auf das Gerüst, um sich den Leichnam anzusehen.

»Ebenfalls eine Frau«, stellte er fest. »Auch lebendig eingemauert, aber der oder die Mörder haben dazugelernt. Die Leiche ist gefesselt.«

»Langsam kommen Sie in einen Erklärungsnotstand, Herr Major«, sagte Kerbl, doch man sah ihm an, dass er es nicht ernst meinte.

Trotzdem regte sich Höfer fürchterlich auf. »Sind Sie verrückt?«, schrie er und reckte seinen muskulösen Körper. »Ich habe das Haus erst vor zwei Wochen gekauft. Das weiß sogar ich, dass innerhalb so kurzer Zeit keine Mumifizierung einer Leiche eintreten kann. Fragen Sie Doktor Piker. Aber den Vorbesitzer werde ich mir zur Brust nehmen, das können Sie mir glauben.«

»Sie werden gar nichts tun, Herr Major, das werde ich machen. Sie sind bei der Sache nur Zuschauer, verstanden? Übrigens war das vorhin als Scherz gemeint. Bei so einer grauenvollen Lage hilft ein Witz, um die Situation zu entschärfen.«

»Aber nicht auf meine Kosten«, knurrte Höfer.

Max hatte inzwischen eine kleine Stehleiter organisiert und klopfte oberhalb der zweiten Öffnung die Mauer ab.

»Verdammt!«, rief er, »Klingt ebenfalls hohl. Wie viele Leichen sind hier noch versteckt?«

»Das reinste Gruselhaus«, sagte einer der Spusi-Männer. »Ich möchte hier nicht wohnen.«

»Wenn alle Leichen entfernt sind, werde ich das Haus mit Weihrauch ausräuchern und die Geister damit vertreiben«, meinte Höfer sarkastisch.

»Gibt es vielleicht einen Presslufthammer?« erkundigte sich Max.

»Ich will ja keinen Keller graben, den habe ich schon. Nein, gibt es nicht.« Höfers Stimmung schwenkte wieder auf Ärger.

»Bevor du wieder mit Hammer und Meißel arbeitest, Max, will ich die zweite Tote in ihren Sarg legen«, sagte Doktor Piker, überlegte und schlug sich an die Stirne. »Verflucht! Ich habe ja nur einen. Was mache ich denn mit der zweiten Mumie?«

»Der Deckel«, warf der praktische Kerbl ein. »Nachdem du den Sarg nicht schließen kannst, verwende ihn für die zweite Leiche. Dann fährst du in die Prosektur und wenn wir noch weitere Tote finden, rufen wir dich an, gut?«

Piker sah sich nach seinen Helfern um. Die standen vor dem Haus und rauchten gemütlich ihre Zigaretten.

»Auf geht's, meine Herren!«, meinte er, »wir sind ja nicht zum Plaudern da. Nehmt den Sargdeckel mit.«

Die zweite Mumie, die in einer seltsam verdrehten Stellung in dem Loch lag, wurde vorsichtig auf den Deckel gelegt und abtransportiert.

»So, Max, jetzt bist wieder du dran«, kommandierte Kerbl und der stöhnte auf.

Zwischen den Hammerschlägen hörte er, wie sich Doktor Piker verabschiedete.

»Ich fahre jetzt. Ich hoffe, ihr findet keine Leichen mehr. Zwei sind genug. Tschüss!«

»Ebenfalls! Ich warte auf schnelle Ergebnisse, Doc.«

»Was kann man von einem Quacksalber denn schon erwarten?«, knurrte Höfer.

Das hörte auch Piker, denn der Major hat sich keine Mühe gemacht, leise zu sprechen. Ehe Kerbl Pikers Vorzüge erläutern konnte, stand dieser vor Höfer.

»Wer sind eigentlich Sie? Haben Sie eine offizielle Funktion? Gesehen habe ich Sie jedenfalls noch nie.« Er wendete sich zu Kerbl. »Dumme Sprüche klopfen kann er. Ein neuer Mann?«

Kerbl versuchte zu besänftigen. »Eugen, darf ich vorstellen? Major Höfer ist im Wiener Dezernat Dieb und Raub tätig.«

»Gewesen!«, brummte Höfer kaum hörbar.

»Der Herr Major hat vor kurzem das Haus gekauft und bei den Renovierungsarbeiten ist er auf eine Mumie gestoßen und hat uns verständigt.«

»Wien ist anders!«, sagte Piker. »Da macht man anscheinend nur Karriere, wenn man blöd daherredet.«

»Also eines weiß ich«, brauste Höfer auf. »In Ihrer Ordination werden Sie mich nie sehen.«

»Meine Wirkungsstätte ist das Leichenschauhaus und auf meinem Tisch sehe ich Sie bestimmt.«

Max fluchte. »Was für ein beschissener Tag heute.« Er schüttelte seine Hand und lutschte anschließend den Daumen.

»Der Doc ist noch da, soll er dich verarzten?«, rief Kerbl.

»Erst wenn ich auf seinem Tisch liege«, nuschelte Max. »Volker, mach du weiter, ich brauche eine Auszeit.«

Der zweite Spusi-Mann kletterte zu ihm. Bald waren so viele Ziegel entfernt, dass sie hineinsehen konnten. Das übernahm wieder Max.

»Keine Leiche!«, verkündete er ziemlich erleichtert. »Mach das Loch größer«, befahl er. »Ich will sehen, ob nicht etwas anderes drinnen versteckt ist.«

»Von mir aus könnt ihr gleich den ganzen Pfeiler abreißen«, rief der Major. »Würde mir eine Menge Arbeit ersparen.«

»Gerne!«, antwortete Max. »Hundert Euro die Stunde pro Person, und wir sind dabei.«

»Macht endlich weiter«, schrie Kerbl. »Für Scherze ist jetzt keine Zeit.«

»Das war kein Spaß!«, murmelte Höfer. »Ist mir aber doch zu teuer.«

Als die Öffnung groß genug war, kroch Max hinein.

»Nichts!«, verkündete er. »Jedenfalls geht der Hohlraum bis zur Decke hoch.«

»Gott sei Dank!«, seufzte Kerbl. »Zwei Tote sind mehr als genug.«

Kapitel 4

Kerbl stand bei Doktor Piker in der Prosektur.

»Gut schauen die beiden nicht aus«, meinte er und spürte einen kalten Schauer auf seinem Rücken. »Kannst du sie nicht wieder zudecken?«

»Was hast du denn?« Piker schüttelte den Kopf. »Sie sind doch hervorragend erhalten. Durch die Mumifizierung riechen sie auch nicht. Wenn ich da an normale Leichen denke, ist mir diese Todesart bedeutend lieber.«

»Trotzdem! Allein, wenn ich die Gesichter sehe, wie in einem Horrorfilm.«

»Ich wusste gar nicht, dass du so zart besaitet bist, mein Lieber«, lachte Piker.

»Mir ist es angenehmer, wenn ich diese Fratzen nicht sehen muss, also bitte, Doc.«

»Na gut, weil du es bist«, meinte Piker und zog ein Tuch über die Mumien.

»Doc, entschuldige, aber auf solche Gesichter bin ich bei Gott nicht neugierig.«

»Weshalb bist du dann da, Herr Inspektor?«

»Mich interessiert vor allem, waren sie weiblich oder männlich, ihr Alter und wie lange waren sie eingemauert?«

Piker zog die Stirne in Falten.

»Punkt eins ist rasch geklärt. Wenn du nicht fasziniert ausschließlich ihre Gesichter betrachtet hättest, sondern auch die übrigen Körperformen, wärest du von alleine auf die femininen Merkmale draufgekommen. Aber darauf habe ich doch schon explizit beim Bergen der Mumien hingewiesen. Du warst dabei, soweit ich mich erinnere. Hat dir so gegruselt, dass du deine Aufmerksamkeit ausgeschaltet hast? Punkt zwei ist schon etwas schwieriger. Aber ich würde aufgrund ihrer Größe sagen, Mädchen zwischen sechzehn und achtzehn Jahren. Bei Punkt drei müsste ich allerdings ein Prophet sein, es können drei, aber auch zwanzig Jahre sein, das kannst du dir aussuchen.«

»Eine große Hilfe bist du ja gerade nicht«, jammerte Kerbl.

»Tja, manchmal sind auch der Wissenschaft Grenzen gesetzt«, dozierte Doktor Piker. »Aber ich werde versuchen, mich schlau zu machen. Vielleicht kann ich die Zeit noch ein wenig eingrenzen. Aber versprich dir nicht zu viel davon, wer außer Archäologen hat schon mit Mumien zu tun?«

*

Kerbl fuhr nochmals zu Höfer.

Die Türe war weit offen. Drinnen sah er den Major, eingehüllt in ein Maurergewand, beim Rühren von Mörtel.

»Kann ich kurz stören?«

»Ah, Sie sind's«, sagte der Major und rührte weiter. »Haben Sie denn schon den Mörder?«

»So schnell ist nicht einmal ein Formel 1-Fahrer.« Die Überheblichkeit des Majors ging ihm ein wenig auf die Nerven. »Was ich von Ihnen wissen möchte, ist der Name des Vorbesitzers.«

Höfer legte den Mischhaken zur Seite.

»Habe ich Ihnen den noch nicht gesagt? Ich glaube aber nicht, dass er damit etwas zu tun hat.«

»Ihr kriminalistischer Instinkt?«

»Nein, viel profaner. Florian Sicht heißt der junge Mann.

Meiner Meinung nach hat er sich das Haus vor dem Kauf gar nicht angesehen, sondern einfach gekauft. Vielleicht hatte er im Lotto gewonnen.«

»Ah, Sie meinen, dass er einfach Hausbesitzer werden wollte, um damit angeben zu können?«

»Ganz genau so. Sie sind ein fixer Bursche.« Höfer lächelte ein wenig sarkastisch. »Bei einem Mann aus der Provinz hatte ich damit nicht gerechnet. Ja, also, als der junge Sicht dann vor seinem erworbenen Haus stand, war seine Sicht plötzlich ganz vernebelt. Zu seinem Glück verschaute er sich dann in eine junge Frau aus Perchtoldsdorf und zog bei ihr ein. Das wiederum war mein Glück. Ich kaufte ihm das Haus um einen Pappenstiel ab. Natürlich gehört viel renoviert, aber das mache ich gerne. Hab ja sonst nichts zu tun.«

»Das sollte auch so bleiben«, sagte Kerbl. »Ich mag es nicht, wenn sich jemand in meine Ermittlungen einmischt«, rutschte ihm heraus.

»Na, na, junger Mann, werden Sie nicht vorlaut. Ein erfahrener Polizeibeamter wie ich würde Ihnen mit Rat und Tat gerne zur Seite stehen. Das sollten Sie nicht ausschlagen.«

»Danke! Wenn ich etwas wissen will, wende ich mich gerne an Sie.«

»Das will ich auch hoffen. Eines ist klar. Mich werden Sie nicht mehr los. Ich werde wie eine Laus in Ihrem Pelz sitzen. Schließlich bin ich beteiligt. Ich lasse doch nicht ungestraft in meinem Haus von einem Mörder Leichen entsorgen. So weit kommt's noch!«

»Mischen Sie sich nicht in die Ermittlungen ein. Und vor allem – suchen Sie nicht auf eigene Faust den Mörder, das ist viel zu gefährlich.«

»Pah!«, knurrte Höfer. »In meinem Leben hab ich schon genug gefährlichere Situationen ohne Kratzer überlebt, junger

Mann. Werden Sie erst einmal so alt wie ich, dann können Sie mitreden.«

Der Major schwieg. Dann zeigte er sich versöhnlich.

»Schauen Sie, ich will ja in meiner neuen Heimatstadt nicht gleich die ganze Polizei gegen mich aufbringen. Ich verspreche, ganz brav zu bleiben.«

Erleichterung zeigte sich auf Kerbls Gesicht.

»Aber«, fuhr der Major fort, »ich möchte in die Ermittlungen eingebunden bleiben. Glauben Sie mir, ich habe einen reichen Erfahrungsschatz, davon können Sie nur profitieren.«

Kerbl überlegte, ob er sich das antun sollte.

»Damit kann ich leben«, sagte er schließlich. »Abgemacht! Sie erfahren alles über meine Fortschritte und wenn Sie eine Idee haben, wie wir weiterkommen könnten, diskutieren wir das. Aber nochmals, bitte keine Einzelaktionen.«

»Hab ich doch schon versprochen und das halte ich«, knurrte er und kreuzte hinter seinem Rücken zwei Finger.

»Ich hätte da gleich eine Frage. Wissen Sie vielleicht, wem das Haus vor dem Herrn Sicht gehörte?«

»Da muss ich Sie enttäuschen. Aber das finden Sie leicht am Grundbuchsamt heraus.«

*

»Was machst denn du hier? Hab ich nicht gesagt, dass du nicht mehr kommen sollst?« Uschi Mores sah Höfer strafend an.

»Ich hatte Sehnsucht nach dir.«

»Ehrlich?« Zweifel zeigten sich auf ihrem Gesicht.

»Ganz ehrlich!« Höfer legte die Hand auf sein Herz und sah sie treuherzig an.

»Das freut mich aber!« Sie lächelte ihn an. »Ein Bier, wie immer?«

»Nein! Heute brauche ich einen starken Kaffee, muss meine Nerven beruhigen.«

»Geht dir der Hausumbau schon so auf den Geist?«

»Nein! Stell dir vor, im Zuge der Renovierung habe ich zwei Leichen gefunden.«

»Deine Witze waren auch schon besser.« Sie starrte ihn zornig an. »Willst du, dass ich wegen deiner Schauermärchen nicht schlafen kann?«

»Nein, Uschi! Leider ist es Realität.«

Er wollte ihr von den Funden erzählen, doch sie unterbrach ihn gleich.

»Ich will davon nichts hören, Pauli!«

Höfer trank einen Schluck von seinem Kaffee und schwieg.

»Waren es zwei alte Obdachlose?« Uschi war ja doch neugierig.

»Zwei Frauen. Sie wurden lebendig eingemauert.«

Uschi ließ das Glas, das sie in der Hand hielt, fallen. Es zersplitterte am Boden in tausend Stücke.

»Wer macht denn so etwas?« Uschi starrte Höfer an. »Du weißt, was ich von deiner Arbeit bei der Polizei halte, aber diesmal – du musst diese Verbrecher finden, Pauli, die dürfen nicht ungestraft davonkommen.«

»Das werde ich, versprochen, obwohl ich nicht mehr bei der Polizei bin. Mein Haus ist doch keine Mördergrube.«

Höfer trank nachdenklich seinen Kaffee aus und Uschi kehrte die Glassplitter zusammen.

»Sag, Uschi, könnte ich heute bei dir schlafen?«

Sie lachte auf. »Angst vor Geistern?«

Höfer verzog seinen Mund.

»Gut, Pauli, du kannst. Aber ohne Sex.«

»Wieso? Hast du einen neuen Freund?«

»Nein, meine Tage!«

*

Zur selben Zeit stand Kerbl in Plessers Büro und berichtete über Pikers Befund über die Leichen.

»Leider kann er nicht sagen, wie lange die Mädchen dort lagen. Es können drei, aber auch zwanzig Jahre sein. Es bleibt uns anscheinend nichts anderes übrig, als die alten Akten zu durchforsten, ob es Vermisstenanzeigen gibt. Persönlich kann ich mich an keine jungen Mädchen erinnern, die als abgängig gemeldet wurden.«

»Doch, doch, jetzt wo Sie es sagen, erinnere ich mich dunkel, dass vor vier oder fünf Jahren einige Mädchen verschwunden sind. Drei oder vier, glaube ich. Es gibt da einen gemeinnützigen Verein, der sich um ausgerissene Mädchen kümmert. Kein einziges Kind ist je wieder aufgetaucht, was aber nicht heißen soll, dass sie ermordet wurden. Sie können sich genauso gut wieder auf Wanderschaft begeben haben und jetzt vielleicht irgendwo im Ausland leben.« Plesser schlug mit der Hand auf den Tisch. »Trotzdem müssen wir der Sache nachgehen. Kerbl, Sie werden sich ins Archiv im Keller begeben und die Akten durchstöbern. Das hat Priorität.«

»Aber Chef, ich habe so viel zu tun, kann das nicht jemand anderer übernehmen?«

»Auf keinen Fall! Ich denke, Sie haben das richtige Gespür dafür. Schließlich sind Sie mein bester Mann. Obwohl Sie jetzt ja ohne Ihren Freund auskommen müssen. Was macht der eigentlich?«

»Fredi?«, Kerbl lachte auf. »Der schreibt Kriminalromane, und das sehr erfolgreich.«

»Irgendwie schade. Ihr wart ein gutes Team. Das heißt, die Detektei ist Geschichte?«

»So ziemlich.« Kerbl wollte sich dazu nicht äußern.

Plesser starrte sinnend auf die Tischplatte, dann gab er sich einen Ruck. »Also, ab in den Keller, Kerbl, ich will rasch Ergebnisse.«

*

Höfer stand eingehüllt in sein Maurergewand vor einem Mörteltrog und rührte wieder Nachschub für den Verputz.

»Eigentlich ist das keine Arbeit für einen Offizier«, brummte er.

»Sabo!«, machte er sich bemerkbar.

»Chefe?«, meldete sich Savic im Stiegenhaus.

»Wieso haben wir keine Mischmaschine, ha?«

»Chefe, du sagen, nur kleine Arbeiten, brauchen nix Maschine.«

»Ja, aber da wusste ich noch nicht, dass in dieser alten Hütte so viel zu machen ist.«

»Du wollen Maschine? Ich besorgen, Chefe.«

»Gut, Sabo. Aber nicht stehlen, hörst du? In Firma ausborgen, ok?«

»Chefe, du wissen, ich nix Dieb«, entrüstete sich Savic.

»Ja, ja, wer's glaubt«, murmelte Höfer leise. »Das weiß ich doch, Sabo, wollte es nur gesagt haben«, sagte er laut zu ihm.

»Du noch ein bisschen rühren«, meinte Sabo nach einem Blick in den Trog.

Höfer sah ihn mit gerunzelter Stirne an. »Noch nicht gut genug? Du stellst Ansprüche.«

»Muss sein für beste Arbeit, Chefe.«

Höfer stöhnte auf.

»Na gut!«, meinte er dann. Weil es ihm gerade einfiel, fügte er noch hinzu: »Sag, Sabo, hast du nicht jemanden, der dir helfen kann? Nachdem wir die Leichen gefunden haben, brauche ich mehr Zeit, um den Mörder zu finden. Ich kann also nicht immer hier sein, aber die Arbeit sollte schnell fertig werden.«

»Spezi? Oh ja, kenne einen. Fast so gut wie ich. Ich nehmen mit, morgen?«

»Auch so ein kleiner Gangster wie du? Gut! Bring ihn mit, da gibt's eh nichts zu fladern.«

»Warum du so sprechen, Chefe? Ist ehrlicher Mann, wie ich«, regte sich Savic auf.

»Ist schon gut, Sabo. Nimm ihn mit und dann schaut ihr, dass alles schnell zu einem Ende kommt. Aber bitte kein Pfusch, verstehst du? Ich möchte mich endlich auf die Mordermittlungen konzentrieren, denn ich fürchte, diese Provinzpolizei kommt damit alleine nicht klar.«

»Chefe, du jetzt andere Baustelle?«

»Baustelle?« Höfer war verwundert. Dann lachte er auf. »Ach so! Ja, Sabo, ich glaube, ich muss den Kollegen hier ein wenig unter die Arme greifen. Alleine schaffen sie es nicht, meine ich, obwohl sie das nie zugeben werden. Aber ich werde ihnen zeigen, wo der Bartl den Most herholt.«

»Du gehen trinken, Chefe?«

»Unsinn, Sabo. So, mach endlich weiter, sonst werden wir nie fertig.«

*

Kerbl saß im Keller der Inspektion und blätterte alte Akten durch. Er nieste und ärgerte sich maßlos über seinen Chefinspektor. Es gäbe dringendere Sachen zu erledigen, als hier in verstaubten Ordnern nach verschwundenen Mädchen zu wühlen. Die Aussicht auf Erfolg war eher gering. Wenn man jemanden ermordet, gibt man doch hinterher keine Vermisstenanzeige auf.

Stöhnend holte er sich den nächsten Stapel der Akten. Vergeudete Zeit, die er besser zur Mördersuche nutzen sollte.

»Der Rothe wäre für diesen Job besser geeignet«, murmelte er verdrossen und griff nach dem nächsten Ordner.

Fast wäre er ihm aus der Hand gefallen, als er ihn aufschlug.

»Vermisst: Verena Schneider, siebzehn Jahre.«

Er schaute nach dem Datum, wann die Anzeige aufgegeben wurde. Vor fünf Jahren – das könnte passen. Sorgfältig legte er ihn zur Seite. Details konnte er sich später ansehen.

Der nächste Akt – nichts. Der übernächste ebenso wenig, aber dann: »Vermisst: Andrea Zwitic, achtzehn Jahre.«

Das könnten doch die beiden Mädchen sein. Wie man das aber feststellen sollte, war ihm noch ein Rätsel.

Seine Neugierde war geweckt und mit Feuereifer machte er sich auf, weitere Akten zu durchforsten.

Schließlich stapelten sich sechs Vermisstenfälle auf dem Tisch.

Ungefähr im Zeitabstand einiger Monate wurden je ein oder zwei Mädchen als vermisst gemeldet.

Er klemmte sich die Ordner unter den Arm und stieg unter ständigem Niesen die Stufen empor. In meinem Büro ist die Luft sicher gesünder, dachte er.

*

Höfer hatte seiner Meinung nach diesen Mischmasch im Trog genügend durchgerührt. Er warf den Haken zur Seite und begann zu überlegen, wie er mit seinen Ermittlungen beginnen sollte. Schließlich hatte er keine Ahnung, wer die beiden Frauen waren, woher sie kamen, was sie hier taten. Nur wohin sie verschwanden, war eindeutig klar.

Kein vielversprechender Anfang, um einen Mörder zu stellen. Vielleicht hatte ja dieser Provinzpolizist Kerbl etwas herausgefunden, obwohl er das bezweifelte. Doch es widerstrebte ihm, auf die Inspektion zu gehen. Dort wurde er womöglich als Bittsteller gesehen und das hasste er von ganzem Herzen.

Kerbl kam sicher zu ihm, wenn es etwas Neues gab, und in der Zwischenzeit würde er sich einmal Mödling ansehen. Einen Ort, in dem man den Rest seines Lebens verbringen wollte, sollte man doch genau kennen.

Vielleicht kam ihm beim Spaziergang eine Erleuchtung, wie er weiter vorgehen konnte. Der Gedanke nagte noch immer an ihm, er empfand es nach wie vor als Frechheit, dass ausgerechnet in seinem Haus Leichen gefunden wurden. War es die Absicht des Mörders, einen hohen Polizeibeamten ins schiefe Licht zu rücken? So ein Unsinn, schalt er sich gleich selbst, du kannst nicht mehr klar denken. Hoffentlich bläst dir die frische Luft so dumme Ideen aus dem Kopf. Fassen werde ich diesen Mistkerl trotzdem, dachte er und vergaß dabei, dass er von Mordermittlungen eigentlich keine Ahnung hatte. Sein Gebiet war schließlich Diebstahl und Raub gewesen und nichts anderes. Seine jahrelangen Erfahrungen im Dienst konnten aber dennoch nützlich sein, egal ob er nach einem Dieb oder einem Mörder suchte.

Höfer ging durch die Fußgängerzone und wandte sich nach rechts. Eine gemauerte Brücke fiel ihm auf. Fuhr da die Eisenbahn? Seiner Erinnerung nach befand sich die doch mehr im Süden. Interessiert trat er näher. »Aquädukt der Wiener Hochquell-Wasserleitung«, stand auf einem Schild.

Nicht weit davon entfernt starrte ihn ein großes Auge an. Reklame für einen Optiker? Bei näherer Betrachtung entzifferte er den Spruch: »Wondern Sie sich nicht!« Unterhalb stand:

»1. Mödlinger Detektei!«

War das der Pimperldetektiv, dachte Höfer, der mir in Italien in die Quere gekommen ist?

Er erinnerte sich, dass er ihn in einem Anfall von Wahnsinn damals fragte, ob er nicht einen Partner benötigte.

Er hatte in Italien die Hartnäckigkeit des Mannes bewundert, mit der dieser einige Morde aufgeklärt hatte.

Gleich nachdem er damals diese Frage gestellt hatte, ärgerte er sich darüber maßlos, hätte sich am liebsten die Zunge abgebissen, denn schließlich war er Major, mit jahrelanger Erfahrung.

Was soll es, dachte er, ich werde ihn aufsuchen. Vielleicht kann ich ihm den Mund wässrig machen. Mord mit eingemauerten Leichen war doch etwas, das genau auf seiner Linie lag.

Die Türe war verschlossen, er drückte den Klingelknopf.

»Detektei Sopic!«, quakte es aus dem Lautsprecher.

»Ich möchte den Chef sprechen!«

Kurze Stille, dann hörte er: »Kommen Sie, erster Stock!« Der Türöffner summte.

Nobel, nobel, dachte er, als er den Lift sah. Wie schaffte der Mann das nur, am Gardasee hatte ich nicht den Eindruck, dass er viel Geld besaß.

Höfer ersparte sich das Stiegen-Steigen und nahm den Aufzug. Ihn empfing eine etwas aufgedonnerte, mollige Blondine.

»Ich bin Barbara!«, sagte sie. »An sich nehmen wir derzeit keine Aufträge an, höchstens es ist ein außergewöhnlicher Fall. Das entscheidet aber der Boss.«

Höfer wollte gleich von den Morden erzählen, überlegte es sich aber.

»Ich bin ein Bekannter Ihres Chefs«, sagte er stattdessen.

»Oh!« Barbara lächelte ihn süß an. »Setzen Sie sich doch. Ich werde nachsehen, ob sich der Boss ein wenig Zeit nehmen kann.«

Groll stieg in ihm auf. Was denkt denn diese Tussi, wen sie vor sich hat?

Trotzdem setzte er sich brav nieder. Aber dieser Pimperldetektiv würde einiges von ihm hören. So konnte man nicht mit ihm umspringen.

Die Türe zum Nebenraum öffnete sich und Sopic blickte heraus. Überrascht zog er die Augenbrauen hoch.

»Na sowas, wenn das nicht Major Höfer ist? Was führt denn Sie nach Mödling?«

Höfer, noch immer wütend, wollte eine entsprechende Antwort geben, aber Sopic machte eine einladende Geste.

»Kommen Sie herein, dann können wir ein wenig tratschen.«

Höfer staunte über die Einrichtung des Zimmers. Die Wände zum großen Teil mit vollgefüllten Bücherregalen, ein offener Kamin, eine lederne Sitzgruppe und ein Arbeitstisch. In einem Fauteuil hatte sich ein Hund eingeringelt, der ihm bekannt vorkam.

»Ich bin jetzt auch Mödlinger«, begann Höfer. »Kurz vor meinem Abschied von der Polizei kaufte ich mir ein Häuschen.«

Sopic hörte ihm mit hochgezogenen Brauen interessiert zu.

»Und jetzt wollen Sie als Detektiv arbeiten?«

»Das mache ich schon«, knurrte Höfer.

»Na, das ging ja flott. Ein Konkurrenzunternehmen?« Sopic schien amüsiert zu sein.

»Nein! Eigentlich wollte ich nur mein Haus renovieren und, stellen Sie sich das vor, fand zwei Leichen.« Höfer fiel es schwer, diese Bitte auszusprechen. »Ich wollte Sie fragen, ob Sie nicht Lust haben, bei der Aufklärung mitzumachen.« Er räusperte sich.

»Ein überaus interessanter Fall. Zwei mumifizierte Leichen. Aber, so leid es mir tut, ich muss Ihnen einen Korb geben.«

Woher weiß er das schon wieder, rätselte Höfer.

»Sie sind nicht mehr auf Verbrecherjagd?«

»Doch, schon, aber auf andere Art und Weise.« Sopic grinste.

»Ich schreibe jetzt Kriminalromane.«

Höfer nickte.

»Ich bilde mir ein, das schon gehört zu haben. Da fängt man leichter die Mörder als im wahren Leben.«

»Ganz so einfach ist es auch nicht. Herr Major, Ihr Fall würde mich schon sehr reizen, aber ich habe einen Abgabetermin und mein Verleger würde mir die Hölle heiß machen, wenn ich den nicht einhalte. Aber Sie sind bei Wastl, ich meine, Abteilungsinspektor Kerbl in guten Händen, vertrauen Sie ihm.«

Jetzt war alles klar. Daher wehte der Wind.

»Was machen Sie denn mit Ihrer Detektei?« Höfer war neugierig, denn für ihn wäre das doch eine wunderbare Beschäftigung, sobald sein Fall geklärt war.

Sopic überlegte nicht lange. »Im Augenblick ist sie für mich eine ziemliche Belastung. Also wenn Sie wollen, Herr Major, können Sie die Detektei in Miete übernehmen. Natürlich müssen Sie vorher eine Prüfung ablegen.«

Er? Eine Prüfung? Nach über dreißig Jahren Dienst bei der Polizei? Der Mann tickte doch nicht richtig. Er spürte einen sauren Geschmack im Mund, als er antwortete.

»Vielleicht komme ich später darauf zurück, Herr Sopic.« Höfer stand auf, er wollte einen starken Abgang machen, doch es fiel ihm nichts Gescheites ein.

»Nur zur Information!«, fragte er, »ist die Vorzimmerdame in der Miete inkludiert?«

Sopic begann zu lachen. »Das müssen Sie sich mit Wastl, ich meine, Herrn Kerbl ausmachen.«

Kapitel 5

Für Höfer war das Kapitel »Detektivbüro« gestorben. Nie und nimmer würde er eine Prüfung ablegen, das schuldete er seiner Polizistenehre.

Er zitterte immer noch vor Wut, als er auf die Straße trat, und blickte zum Kurpark. Sollte er dort einige Runden drehen, bis der Ärger verraucht war?

Dann fiel ihm das Grundbuchsamt ein. Das war doch sicherlich hier in der Gegend. Er dachte, dass der »tolle Polizist« Kerbl es bestimmt vergessen hatte, oder von anderen Angelegenheiten aufgehalten war und noch nichts in dieser wichtigen Sache unternommen wurde.

Was man selbst erledigen kann, hat man sicher, sagte er sich und wendete seine Schritte der Fußgängerzone zu.

Dann stand er beim Gemeindeamt.

»Ich möchte zum Grundbuchsamt«, erklärte er am Schalter, der als Service für die Einwohner der Stadt eingerichtet wurde.

»Da sind Sie bei uns nicht richtig«, meinte die Dame freundlich. »Da müssen Sie …«

»Ja, Herr Major, was machen Sie denn hier?«, unterbrach eine Stimme hinter seinem Rücken.

Er wirbelte herum. Kerbl lächelte ihn an. Den hatte er jetzt gebraucht.

»Wollen Sie in die Politik einsteigen?«, knurrte er ungehalten.

Kerbl ignorierte das. »Lassen Sie sich als neuer Eigentümer ins Grundbuch eintragen?«

»Nein! Will ich nicht!«, brummte Höfer. »Ich will wissen, wer als Vorbesitzer eingetragen ist.«

»Das kann ich Ihnen sagen. Ich komme gerade vom Bezirksgericht und habe Einsicht genommen.«

Ein richtiger Beamter, dachte Höfer, so gespreizt daherzureden.

»Dann erzählen Sie«, forderte Höfer. »Aber bitte in einfachen Worten, das Beamtendeutsch können Sie sich schenken.«

»Quatschen Sie wo anders«, keifte eine Frauenstimme hinter ihnen. »Andere Leute wollen auch drankommen.«

Kerbl entschuldigte sich höflich, Höfer starrte die betagte Frau nur grimmig an.

»Kommen Sie!« Kerbl zog ihn am Ärmel in eine entfernte Ecke. »Also«, begann er schließlich, »Vorbesitzer Ihres Hauses ist ein Verein. Ikaras nennt er sich, was immer das zu bedeuten hat. Über den muss ich mich erst auf der Bezirkshauptmannschaft kundig machen.«

»Umständlicher geht es nicht mehr. Wieso liegen diese Sachen nicht an einem Ort auf?«, erregte sich Höfer. »Ich jedenfalls habe das Haus sicher nicht von einem Verein gekauft. Ich habe Ihnen doch schon von dem jungen Mann erzählt. Wie Sie wissen, wollte er das Haus schnell los werden, was sich natürlich im Preis ausdrückte. Das war mir ganz recht.«

Die beiden bekamen nicht mit, dass die Frau, die sie des Platzes verwiesen hatte, neugierig zuhörte.

»Übrigens, die Spurensicherung muss noch einmal Ihr Haus durchsuchen. Ich habe in der Zeit vor vier, fünf Jahren sechs Vermisstenfälle gefunden.« Kerbl sah ihn bittend an und hob die Hand, um Höfers Protest im Keim zu ersticken. »Es muss sein. Wir werden uns bemühen, den Schaden so gering wie möglich zu halten.«

*

Heidi Heblein hatte vergessen, was sie eigentlich auf der Gemeinde erledigen wollte. Das Gespräch der beiden Herren ging ihr nicht aus dem Kopf. Sie erinnerte sich, dass ihre Freundin Gerti Gartner, als sie vor vielen Monaten zu ihr zog, auch von einem Verein sprach, von dem sie ihr Haus gekauft hatte.

Sie ließ sich ausführlich darüber aus, wie sehr ihr der Garten gefiel, als sie auf der Suche nach einem kleinen Häuschen war, in dem sie ihren Lebensabend verbringen wollte. Sie sprach von dem Glück, dass gerade in diesem Moment ein Auto vor dem Haus hielt, als sie den Garten bewunderte. Der Mann, der aus dem Fahrzeug stieg, sprach sie an, stellte sich als Vereinspräsident vor und erkannte sofort ihr Interesse. Er pries das Haus als einmalige Gelegenheit an, schwärmte davon, dass dieses Gebäude höchstens einige kleine Ausbesserungsarbeiten benötigte, um wohnlich zu sein, und bot es zu einem derart günstigen Preis an, dass es ihr die Sprache verschlug.

Sie kaufte das Haus von diesem Herrn Hauser und erfreute sich an dem Garten.

Nur das Versprechen der kleinen Ausbesserungsarbeiten hielt nicht. Immer wieder musste etwas repariert oder hergerichtet werden. Um alles finanzieren zu können, animierte sie ihre Freundin, bei ihr einzuziehen.

»Gemeinsam schaffen wir es«, sagte sie und betonte, dass sie ohne diesen Garten nicht leben wollte.

Und jetzt redeten die beiden Herren von einem Verein, dazu der eine von Spurensicherung. Der musste Polizist sein. War der andere ein Krimineller? So wie die beiden miteinander umgingen, konnte sie sich das nicht vorstellen. Oder waren alle zwei in verbrecherischen Kreisen tätig, und der eine warnte vor der Polizei?

Sie musste das unbedingt sofort Gerti erzählen. Beide waren sie schließlich Spezialisten auf diesem Gebiet, ließen keinen Fernsehkrimi aus und schmökerten zwischendurch Kriminalromane.

Was hatte sie eigentlich am Gemeindeamt machen wollen?

Egal, das konnte sicher warten.

*

»Langsam geht mir die Sache auf den Keks«, murrte Höfer und nahm einen Schluck von dem Bier, das Uschi ihm serviert hatte.

»Und mir erst«, sagte sie und stellte die abgetrockneten Gläser ins Regal. »Eigentlich solltest du Morde gewöhnt sein, wenn du doch jahrzehntelang bei den Kieberern warst.«

»Du weißt ganz genau, dass ich bei Dieb und Raub war«, brauste er auf. »Mit Mord hatte ich so gut wie nie zu tun.«

»Kaum will ich ihm ein bisschen Mut machen, fährt er mir mit dem Arsch ins Gesicht«, murmelte sie. »Weshalb lass ich mich überhaupt auf ihn ein?«

Glücklicherweise hatte Höfer das nicht mitbekommen, er redete unbeirrt weiter.

»Stell dir vor, dieser Pimperlpolizist, dieser Kerbl, will noch einmal mein Haus durchsuchen, da er insgesamt sechs vermisste Mädchen in den Akten gefunden hat. Dabei sind wir beinahe fertig mit der Renovierung. Wenn jetzt die Spurensicherer kommen, hab ich wieder eine Baustelle und kann von vorn beginnen.«

»Du Armer! Du tust mir wirklich leid.«

»Erspare mir dein Mitleid«, giftete er zurück.

»Das hab ich nun davon«, keifte sie. »Dabei dachte ich gerade daran, dir bei mir einige angenehme Stunden zu bereiten.«

»Mit Sex?«, höhnte er.
»Den kannst du vergessen.«
»Hab heute eh keine Zeit.« Er stand auf und verließ grußlos das Lokal. Kaum war er draußen, bereute er seine aufbrausende Art. Er mochte Uschi wirklich sehr, ja er konnte sich sogar vorstellen, die Beziehung zu vertiefen, woran er noch bei keiner Frau gedacht hatte.

*

Kerbl trommelte nervös auf das Pult. Das Warten war so nervig, er hätte genügend anderes zu tun.
»Sie müssen entschuldigen, Herr Inspektor«, sagte der Beamte, als er mit einem dünnen Hefter zurückkam. »Die alten Akten sind noch nicht alle digitalisiert, ich musste sie erst suchen.«
Er schlug den Ordner auf. »Da haben wir es ja. Also der Verein Ikaras wurde in den Achtzigerjahren gegründet. Präsident war ein gewisser Karolus Hauser. Bis zur Umbenennung des Vereins vor sechs Jahren stand er immer dem Verein vor. Das ist ungewöhnlich, aber bitte! Jetzt heißt er Girlshelp und – schau, schau – Hauser ist noch immer Präsident.«
»Wissen Sie, welchem Zweck der Verein dient?«
»Na, das sollte hier irgendwo stehen. Ah ja – Hilfe und Betreuung von jungen Mädchen.« Der Beamte kratzte sich am Kopf. »Soweit ich weiß, finden Waisen und Kinder aus zerrütteten Familien hier Zuflucht und dieser Hauser kümmert sich um sie.«
Hauser – der Name kam Kerbl bekannt vor.
»Können Sie mir die Unterlage kopieren? Vor allem interessieren mich auch die anderen Vorstandsmitglieder.«

*

»Gerti, heute habe ich Unglaubliches erlebt«, rief Heidi Heblein, als sie sich im Vorzimmer den Mantel auszog.

»So? Hat dich ein Räuber überfallen?« Gerti kam aus dem Wohnzimmer. »Ich hoffe, du hast dich anständig gewehrt. Wir üben ja nicht umsonst Karate.«

»Nein! Stell dir vor, am Gemeindeamt waren zwei Männer …«

»Die gibt es tatsächlich?«, unterbrach sie Gerti.

»Bitte, lass den Quatsch! Also, der eine war klein, aber muskulös, der andere groß und kräftig. Die redeten von einem Verein, dann sagte der Kleine etwas von Spurensicherung und Vermissten. Ich weiß nicht, entweder der eine ist ein Verbrecher und der andere Polizist, oder sind beide Kriminelle? Sie könnten natürlich auch Polizisten sein, ich weiß es nicht.«

»Was ist daran so interessant, Heidi? Lieber würde ich wissen wollen, was du am Bauamt erreicht hast.«

»Oh!« Heidi schlug die Hand vor den Mund. »D…der Beamte war nicht da«, stotterte sie.

»Lüg mich nicht an. Du hast darauf vergessen, nicht? Hat dich das Gespräch der zwei Herren so in Verwirrung gesetzt? Ich sag es ja immer, Männern darf man nicht zu nahe kommen.«

»Tut mir leid, Gerti. Als die beiden von einem Verein sprachen – jetzt fällt es mir wieder ein –, der Große hat sein Haus auch von einem Verein gekauft, so wie du. Wenn ich mich recht erinnere, habe ich diesen Mann schon einmal gesehen. Bei uns in der Nähe. Da wird ein kleines Häuschen, ähnlich dem unsrigen, gerade hergerichtet. Ich glaube, das gehört dem Kräftigen.«

»Na und? Überall werden Häuser renoviert. Das ist doch nichts Interessantes.«

»Ja, aber weil der andere Mann von Spurensicherung gesprochen hat – glaubst du, dass dort ein Verbrechen verübt wurde? Dass der Verein damit zu tun hat? Dann könnten doch auch bei uns irgendwo Leichen verscharrt sein.«

»Du spinnst ja. Ich sollte dir die Kriminalfilme und Bücher entziehen, damit du wieder vernünftig wirst. Wo sollen denn bei uns Leichen herumliegen?«

»Im Garten vielleicht? Dort blüht und wächst alles so rasch, das ist doch nicht normal.«

*

»Ich weiß, dass Sie dagegen sind, aber es muss sein«, sagte Kerbl, als ihm Höfer am nächsten Vormittag grimmig entgegenblickte.

»Sie glauben doch nicht, dass alle sechs Frauen hier liegen.«

»Keine Ahnung. Deswegen wollen wir ja nachsehen, Herr Major.«

»Hören Sie, wir sind fast fertig mit der Renovierung, der Großteil ist frisch verputzt. Wenn Sie jetzt anfangen, nach Leichen zu suchen, kann ich die ganze Arbeit noch einmal machen.«

»Herr Major, die Männer wissen das und werden so behutsam wie möglich vorgehen, das verspreche ich. Wenn Sie wollen, helfe ich Ihnen dann bei den Ausbesserungsarbeiten«, bot sich Kerbl an.

Resigniert nickte Höfer und Kerbl bedeutete seinen Männern zu beginnen.

Alle Wände wurden sorgfältig nach Hohlräumen abgeklopft, Im Keller versuchten sie mit starken Strahlern frisch zementierte Stellen am Fußboden zu finden. Der Major ging nervös von einem Spusi-Mann zum anderen, um gleich einzugreifen, sollte es jemand mit brachialer Gewalt versuchen. Max schien es überhaupt der Fußboden anzutun.

»Hör mal!«, sagte er zu Kerbl und deutete auf die Bodenbretter. »Wie in jedem alten Haus gibt es doch auch hier Tramdecken. Das heißt, zwischen den Tramen existieren Hohlräume. Da kann man hunderte Leichen verstecken. Wir müssten die Bodenbretter wegreißen.«

Zufällig hörte Höfer diesen Vorschlag.

»Was wollt ihr?«, schrie er entsetzt. »Nur über meine Leiche. Dann könnt ihr mich gleich mit hineinlegen, wenn ihr die Bretter wieder zunagelt.«

»Herr Major!«, wollte Kerbl ihn besänftigen. Doch Höfer war gerade in Fahrt.

»Ihr Spusi-Leute seid doch alle bescheuert. Sucht die Leichen doch sonst wo. Wenn es überhaupt noch welche gibt. Nicht jeder Vermisste ist tot, das sagt mir meine Erfahrung.«

»Wir brechen ab, Max. Die Wände sind alle abgeklopft, gefunden haben wir nichts«, sagte Kerbl resignierend und wandte sich Höfer zu. »Herr Major, wir wollen Ihr Haus ja nicht wieder in eine Baustelle verwandeln. Ich habe nur ein Problem. Ich kann nicht alle Häuser in Mödling nach Leichen absuchen. Ich bin überzeugt, dass es noch andere Mumien gibt, das sagt mir mein Hausverstand und das Bauchgefühl.«

»Ihr Bauch sollte mehr ans Essen denken und Ihr Gefühl und den Hausverstand schmeißen Sie besser in den Mistkübel. Ist gescheiter bei der Polizeiarbeit.«

»Da bin ich anderer Ansicht.«

»Schwachsinn! Das glauben Sie bloß. Eine Verklärung tatsächlicher Umstände.«

»Wenn Sie meinen. Ich will nicht mit Ihnen streiten«, antwortete Kerbl und wunderte sich, dass die Untersuchung der Hauswände solch einen Grant bei dem Major hervorrief.

»Wer streitet denn? Ich sehe niemanden.« Höfer blickte um sich. »Und jetzt verschwinden Sie endlich, die Klopferei hat meine Renovierung eh um Monate zurückgeworfen.«

Wegen eines halben Tages so ein Theater aufzuführen, dachte Kerbl, ich glaube, der wird sein Leben lang nicht fertig werden.

*

Wieso wurden so viele Mädchen als vermisst gemeldet, sinnierte Kerbl, als er wieder in seinem Büro saß. Beim Durchstöbern der Akten im Keller hatte er zwar nicht darauf geachtet, wie viele Burschen als abgängig gemeldet wurden, aber es war doch meist Abenteuerlust, wenn junge Männer sang- und klanglos verschwanden. Er dachte nicht, dass die Gleichberechtigung so weit fortgeschritten war, dass auch Frauen, beinahe noch Kinder, in die weite Welt zogen.

Er musste sich die Zeit nehmen und die Akten genauer durchsehen.

Seufzend setzte er sich zum Schreibtisch. Welche Familien waren das, deren Kinder einfach verschwanden?

Er nahm den ersten Ordner zur Hand und begann zu lesen. Schon nach wenigen Zeilen hielt er überrascht inne.

Der Verein Ikaras hatte die Vermisstenanzeige aufgegeben. Also war ein von zu Hause ausgerissenes Mädchen ein weiteres Mal auf Wanderschaft gegangen.

Er legte den Akt beiseite und widmete sich dem nächsten Fall. Als auch bei den nächsten Akten immer wieder der Verein Ikaras als Anzeiger aufschien, machte sich bei ihm ein mulmiges Gefühl breit.

Angeblich wurden die Mädchen liebevoll betreut, geschult und auf Berufe vorbereitet, weshalb sollten sie also von dort wieder verschwinden?

Er musste unbedingt mit diesem Herrn Hauser sprechen. Auch mit der einzigen Familie, die ihr Kind als vermisst gemeldet hatte. Obwohl er vermutete, dass dieses längst wieder zu Hause war. Denn die Eltern hätten es sicher nicht bei einer Anzeige belassen, sondern wären der Polizei immer wieder damit in den Ohren gelegen, wovon war aber nichts in dem Akt vermerkt.

Nachdenklich klappte er die Ordner zu. Er musste mit diesem Herrn Hauser, dem Präsidenten von Ikaras, sprechen. Ihm ein wenig auf den Zahn fühlen.

Kapitel 6

Dieselbe Idee hatte auch Höfer, nachdem ihm die Visitenkarte von Hauser zufällig in die Hand fiel. Bei seiner Ehrung hatte er sie achtlos in sein Sakko gesteckt. In dessen Büro wollte er ihn aber nicht anrufen. Hatte der aufdringliche Mann nicht gesagt, dass er auch in Mödling wohnte? Das Meldeamt gab ihm sicher die Adresse, wenn er erklärte, bei der Polizei zu sein.

So war es auch. Mit seinem herrischen Auftreten, das er nach jahrelanger Übung bestens beherrschte, bekam er schnell die Anschrift. Als er beim Hinausgehen Stadtpläne entdeckte, verschwand einer davon in seinem Sakko.

Beim Studium des Plans entdeckte er, dass Hausers Haus nicht weit von seinem entfernt stand. Da konnte er zu Fuß hingehen.

Nachdem er sich vergewissert hatte, dass Sabo und dessen Helfer nicht auf der faulen Haut lagen, machte er sich auf den Weg und kam nach wenigen Minuten bei seinem Ziel an.

Was er sah, als er bei der Adresse ankam, wollte nicht ganz in seinen Kopf. Von einem Immobilienhai hätte er sich anderes erwartet. In diesem baufällig wirkenden kleinen Häuschen sollte Hauser wohnen? Er hatte sich ein protzige Villa erwartet. Doch die Adresse stimmte und so läutet er schließlich.

Eine alte Dame mit gelockten weißen Haaren öffnete die Haustüre.

»Wir kaufen nichts!«, rief sie. Ihre Stimme tönte voll und kräftig.

»Ich habe nichts zu verkaufen.« Sah er wie ein Hausierer aus?

»Polizei!« Verärgert fischte er seinen Führerschein aus der Tasche, hielt ihn weit von sich und ließ ihn schnell wieder verschwinden.

»Wir sind unschuldig!«, lächelte sie und hob theatralisch die Hände in die Höhe. Die Sache schien ihr Spaß zu machen.

»Was will denn die Polizei von uns?«, fragte sie in normalem Ton.

»Ich will Herrn Hauser sprechen, aber dalli!«

»Und warum kommen Sie dann zu mir?«

»Wohin soll ich denn sonst?«, erregte Höfer sich. »Sie sind sicher die Haushälterin. Sagen Sie ihm, verleugnen lassen bringt nichts.«

»Lieber Herr!«, meinte die Dame schnippisch. »Ich wohne jetzt über vier Jahre hier, aber ein Herr Hauser ist mir noch nie über den Weg gelaufen.«

»Was ist denn los, Heidi?« Eine zweite Frau erschien im Türrahmen. Sie hatte einen grauen glatten Pagenkopf.

»Der Herr sagt, dass er von der Polizei …« Sie stockte. »Ich hab Sie doch schon irgendwo gesehen.« Sie legte die Stirne in Falten. »Können Sie mir sagen, wo das war?« Dann wandte sie sich der grauhaarigen Frau zu. »Stell dir vor, Gerti, der Herr Polizist will mit Herrn Hauser sprechen. Als ob wir hier einen Mann versteckt hätten.«

Höfer wurde das Gerede der beiden alten Weiber zu viel.

»Meine Damen, ich habe mir extra die Mühe gemacht und bin auf das Meldeamt gegangen, um die Adresse des Herrn Hauser herauszufinden. Nun stehe ich hier und lasse mich nicht von Ihnen verarschen. Holen Sie ihn endlich!«

Gerti lachte auf.

»Das kann nur ein Missverständnis sein. Hauser – weißt du, Heidi, das war der Mann, der mir das Haus verkauft hat.«

Sie wendete sich Höfer zu. »Ich kann mir nicht vorstellen, dass dieser Herr jemals hier gewohnt hat. Damals, als ich es kaufte, war es eine Bruchbude. Ist es eigentlich noch immer.«

Immer werden einem Prügel vor die Beine geworfen, dachte Höfer, nicht einmal auf das Meldeamt ist Verlass.

»Sie meinen also, dass er Sie betrogen hat?«

»Ja! Er sprach von maximal kleinen Ausbesserungsarbeiten, die sind aber immer größer geworden. Im Nachhinein denke ich, dass er es unbedingt loswerden wollte.«

»Weshalb haben Sie es dann gekauft?«

»Der Garten. Der hat mich nicht losgelassen. Den wollte ich unbedingt haben. Der ist eine Pracht. Mehr wert als alles andere. Na, und das Haus – Heidi und ich werden auch das schaffen, irgendwann.«

»Warum interessieren Sie sich so für diesen Herrn Hauser?«, fragte Heidi.

»Nun, äh – ich habe von ihm über einen kleinen Umweg auch ein Haus gekauft. Ist gar nicht weit von hier entfernt. Jetzt hätte ich noch einige Fragen an ihn, deshalb wollte ich mit ihm sprechen«, sagte Höfer und fühlte sich dabei nicht wohl. Er konnte den Frauen doch nichts über die Morde erzählen.

»Ich muss Herrn Hauser also wo anders suchen«, redete er weiter. »Entschuldigen Sie die Störung, meine Damen.« Er lüftete einen imaginären Hut.

»Sie wollen doch nicht schon gehen, wo wir uns gerade so gut unterhalten«, rief Gerti. »Dürfen wir Sie zu einem Kaffee einladen, Herr Inspektor?«

»Major!«, knurrte Höfer leise und überlegte. Das Innere des Hauses zu sehen, wäre vielleicht doch ganz interessant.

Er stimmte zu und Heidi trippelte zum Gartenzaun und öffnete die Türe. Er wurde ins Wohnzimmer geführt und blieb überrascht stehen. Auch hier stand völlig unmotiviert ein Pfeiler mitten im Raum. Ob darin auch Leichen eingemauert waren, schoss es ihm unwillkürlich durch den Kopf. Möglich wäre es, aber wie sollte er das den Frauen mitteilen?

Er sah sich um. Stellen mit abgeblättertem Putz, schiefe Lampen, löchriger Fußboden, kaschiert mit einigen Teppichen. Das war ja schlimmer als in seiner Bruchbude.

»Ich renoviere gerade mein Haus«, sagte er und lächelte gewinnend. »Bald ist alles fertig. Ich habe zwei geschickte Männer, die das erledigen. Wenn Sie wollen, könnte ich die dann zu Ihnen schicken. Sie sind schnell und zuverlässig, außerdem nicht teuer. Was halten Sie davon?«

Den Helfer von Sabo kann ich sicher dazu bringen, nachzusehen, ob in diesem Pfeiler ebenfalls ein Hohlraum ist, dachte er sich. Der ist nicht so zart besaitet wie Sabo. Dann habe ich Gewissheit.

»Ich weiß nicht«, sagte Gerti, die beladen mit Kaffeekanne und Tassen aus der Küche kam. »Im Augenblick sind unsere Finanzen dazu nicht in der Lage. Wir haben ja nur kleine Pensionen.«

Höfer brannte darauf, sich zu überzeugen, ob in diesem Pfeiler etwas versteckt war.

»Ich mache Ihnen einen Vorschlag. Sie sind so nette Damen und ich verfüge gerade über eine größere Geldsumme. Also übernehme ich einmal die Kosten und Sie zahlen mir die in Raten zurück, sobald es Ihnen möglich ist.«

»Von einem Polizisten können wir das nicht annehmen«, sträubte sich Gerti.

»Doch, doch, das können Sie. Es ist doch der Gesundheit nicht förderlich, so weiterzuleben.«

Heidi stimmte Höfer begeistert zu und nach kurzer Diskussion nickte Gerti, wenn auch zweifelnd.

»Nehmen Sie doch ein Stück Kuchen«, forderte ihn Heidi auf.

Gezwungenermaßen griff Höfer zu. Das Stück war hart, trocken und schmeckte nach nichts. Sagen konnte er das natürlich nicht, er lobte ihn in höchsten Tönen, was ein glückliches Lächeln in die Gesichter der Frauen zauberte.

Als er endlich aufbrach, drückte ihm Gerti ein Päckchen in die Hand.

»Weil er Ihnen so gut geschmeckt hat«, flüsterte sie.

Höfer bedankte sich freundlich und dachte verzweifelt, was mache ich bloß damit, ich habe nicht einmal einen Hund, an den ich das verfüttern könnte, und wer weiß, ob der ihn nicht auch verweigert hätte.

*

Kerbl versuchte den Immobilienmakler Hauser telefonisch zu erreichen. Die Sekretärin, oder sagte man in so einem noblen Betrieb Empfangsdame zu ihr, nahm den Anruf entgegen. Ihm war jedenfalls egal, wer abhob, er wollte nur mit Hauser sprechen. Mit ihrer rauchigen Stimme erklärte sie ihm, dass ihr Chef im Augenblick nicht zur Verfügung stand. Er sei unterwegs.

»Dann geben Sie mir seine Handynummer«, verlangte Kerbl.

»Das darf ich nicht«, schnurrte sie. »Rufen Sie doch einfach gegen siebzehn Uhr nochmals an. Da ist er bestimmt zugegen.«

So weit kam es noch! Das konnte er sich nicht gefallen lassen.

»Das ist Behinderung einer Mordermittlung«, sagte er in brummigem Polizistenton, »und deshalb strafbar. Wollen Sie das?«

»Wird gegen meinen Chef ermittelt?«, fragte sie nach kurzem Schweigen stockend.

Kerbl verneinte schnell, er bereute, dass er in seinem Ärger davon überhaupt geredet hatte.

»Nein, er ist ein wichtiger Zeuge und je schneller ich mit ihm reden kann, desto eher ist der Täter gefasst.«

Er sah deutlich vor sich, wie die Dame mit hochrotem Gesicht erregt den Kopf schüttelte.

»Herr Hauser ist in Mödling, in seiner Betreuungseinrichtung«, sagte sie schließlich. »Bitte erwähnen Sie nicht, dass Sie diesen Tipp von mir haben. Ich möchte noch länger hier arbeiten.«

»Sie haben aber einen strengen Chef«, meinte Kerbl.

»An sich nicht!«, erwiderte sie. »Aber wenn es um seine Einrichtung geht, kennt er kein Pardon. Die ist ein Herzensanliegen für ihn. Weit mehr als diese verdammten Häuser, mit denen er Geld scheffelt.«

Kerbl bedankte sich und versprach, es wie Zufall aussehen zu lassen, wenn er ihn aufsuchte.

»Sie sind ein sehr netter Polizist«, säuselte die Dame. »Ich dachte nicht, dass es solche überhaupt gibt.«

Das war Kerbl unangenehm. Wollte die Frau etwas von ihm? Schnell legte er auf.

*

Die Stätte, in der die von Hauser betreuten Mädchen wohnten, lag tatsächlich am Rande des Mödlinger Stadtwaldes. Plesser hatte nicht übertrieben. Ein aufgelassenes Kloster, dass eine neue Bestimmung gefunden hatte. Zwei große Häuser standen in einem weitläufigen Park.

Zu sehen war niemand, aus dem Park hörte er helles Mädchengeschrei.

Aus dem geöffneten Fenster eines Hauses drang Geschirrgeklapper. Wenigstens da ist jemand, den ich nach Hauser fragen kann, dachte Kerbl und ging zur offenstehenden Türe.

Das Ausmaß des Raumes und die Einrichtung ließen ihn staunen. Im vorderen Teil standen Tische und der rückwärtige Raum schien als Küche zu dienen. Nach der Größe der Töpfe und Pfannen konnte man hier eine Menge Leute verköstigen. Gab es denn so viele Mädchen hier? Zwei Mädchen waren mit dem Abwasch beschäftigt. In der hinteren Ecke saß ein Mann an einem kleinen Tischchen. War das Hauser?

Er trat näher.

»Der Chef ist nicht da«, rief eines der Mädchen.

Kerbl ließ sich nicht beirren und steuerte den Tisch an. Der Mann kehrte ihm den Rücken zu und hatte nicht einmal aufgeblickt, als er grüßend eingetreten war.

Kerbl fiel plötzlich ein, dass er keine Ahnung hatte, wie der Immobilienmensch eigentlich aussah, aber der Mann …

»Sieh an, so sehen also die Versprechen aus, sich nicht in meine Ermittlungen einzumischen, Herr Major?«

Höfer drehte sich langsam um. Schuldbewusst sah er nicht aus.

»Reiner Zufall, dass ich hier bin«, sagte er.

»Kommen Sie, lassen Sie sich etwas Besseres einfallen«, ärgerte sich Kerbl.

»Wie wäre es damit: Eigentlich wollte ich im Wald spazieren gehen, damit ich auch die Umgebung von Mödling kennenlerne. Als ich hier vorbeiging, stieg mir der Essensduft so in die Nase, dass ich Hunger bekam. Ich dachte, es ist ein Gasthaus und ging hinein, völlig ahnungslos.«

»Sehr witzig«, knurrte Kerbl. »Hat es wenigstens geschmeckt?« Er seufzte auf. »Was soll ich mit Ihnen machen, Herr Major?«

»Mich einbinden. Gemeinsam ermitteln. Sonst komme ich Ihnen immer wieder in die Quere, davon lasse ich mich nicht abhalten, das verstehen Sie doch?«

Kerbl schüttelte den Kopf und seufzte noch einmal tief auf. Er fürchtete, bei den Ermittlungen nicht weiterzukommen, möglich auch, sich in falschen Spuren zu verrennen, wenn er diesen Querkopf nicht ins Boot holte. Vielleicht erwies es sich ja als Glückstreffer. Ihn überkam die Ahnung, dass dieser Mann bereits mehr wusste als er selbst.

Dann setzte sich ein Gedanke in seinen Kopf, der seine Mundwinkel in ein leichtes Lächeln verzog. Er musste an seinen Freund Manfred Sopic denken, der überall herumlief, alle befragte, sozusagen die dreckige Arbeit machte, während er dann den Täter festnahm.

Gut, bei Fredi war es so gewesen, dass der ihm den Mörder auf dem Silbertablett servierte, samt stichhaltigen Beweisen.

Dass der Major es ebenso schaffte, konnte er sich nicht vorstellen, aber was sprach dagegen, ihn mit Ermittlungen zu beschäftigen, während er sich in seinem Büro die Strategie ausdachte, die einzelnen Puzzlesteine zusammensetzte, um dann konsequent zuzuschlagen?

Es könnte klappen, er hätte weniger Arbeit und wäre doch auf dem Laufenden. Nur sein Chef Plesser durfte davon nichts erfahren.

»Herr Major, Sie haben mich überredet«, sagte er schließlich. »Versuchen wir es miteinander. Aber dem Chefinspektor gegenüber kein Wort, wenn ich bitten darf.«

»Sie sind ein vernünftiger Mensch«, jubelte Höfer und schlug auf den Tisch. »Wie beginnen wir?«

»Natürlich mit Herrn Hauser. Wegen ihm bin ich ja hergekommen, da man in seinem Büro sagte, dass er seinen Tag hier verbringt. Also sehen wir nach, wo wir ihn finden.«

Kerbl ging zu den beiden jungen Frauen, die gerade mit einem Wasserschlauch und einer großen Bürste einen riesigen Topf scheuerten.

»Entschuldigen Sie meine Frage. Gehören Sie auch zu den betreuten Mädchen von Herrn Hauser?«

Die blonde Frau strich sich eine Haarsträhne aus dem Gesicht und lachte.

»Sehen wir so aus? Die Kinder haben Besseres zu tun. Im Garten herumtollen, eventuell Hausaufgaben machen und sonstige Dummheiten. Nein! Wir sind hier angestellt, um die Fratzen zu verköstigen.«

»Von Herrn Hauser?«

»Natürlich! Ein angenehmer und gut bezahlter Job. Pro Tag ein Menü, nicht so wie im Restaurant, wo der eine Gast Schweinsbraten und ein anderer Broccoli-Suppe haben will.«

»Ich stelle es mir trotzdem anstrengend vor.«

»Halb so schlimm. Wir sind trainiert, brauchen dafür kein Bodybuilding. Was wollen Sie eigentlich hier?«

»Mit Herrn Hauser reden. Wo finden wir ihn denn?«

»Sicher im Garten. Hab ihm gerade vorhin einen Kaffee serviert.«

»Kommen Sie, Herr Major«, winkte Kerbl Höfer zu. »Sehen wir einmal, welche Spielchen Hauser hier treibt.«

Sie fanden ihn unter einem Sonnenschirm sitzend, wo er die Mädchen, die im Gras herumhüpften, mit breitem Grinsen beobachtete.

»Herr Hauser?«, begann Kerbl.

Der Mann blickte nicht zu ihnen. Er wedelte nur mit der Hand.

»Nicht jetzt!«, sagte er, »kommen Sie später wieder.«

Höfer hatte schon den Mund geöffnet, um eine geharnischte Antwort zu geben, aber Kerbl winkte ihm, zu schweigen.

»Es tut uns leid, Sie in Ihrer Ruhe zu stören, aber es muss sein, Herr Hauser.«

Mit einem Seufzer drehte er ihnen sein Gesicht zu.

»Kriminalpolizei!«, sagte Kerbl und hielt ihm seinen Ausweis vor die Nase.

Hausers Gesicht verlor ein wenig Farbe.

»Hat eines meiner Kinder etwas angestellt?«

»Nein! Aber möglicherweise Sie«, mischte sich Höfer lautstark ein.

»Ich bitte Sie! Bin ich etwa zu schnell gefahren?« Dann blitzte es in seinen Augen auf. »Ich kenne Sie doch. Der Festakt in Wien – sind Sie nicht dort verabschiedet worden?«

Kerbl wollte die Initiative wieder an sich reißen, aber Höfer ließ sich nicht beirren.

»Ganz genau! Sie wollten mir ein Haus verkaufen. Ich hatte aber schon eines. Interessanterweise hat das auch Ihnen gehört, beziehungsweise Ihrem Verein Ikaras.«

»Das freut mich«, lächelte Hauser.

»Mich nicht. Erstens ist es eine Bruchbude und dann …«

»Herr Major!«, unterbrach ihn Kerbl.

»Ach! Mir kommt die Galle hoch«, nuschelte Höfer.

»Vielleicht könnte ich Sie bei der Renovierung unterstützen«, sagte Hauser eifrig.

»Vergessen Sie es«, knurrte Höfer. »Ich lasse mir von Ihnen nichts schenken.«

»Herr Hauser!«, sagte Kerbl bestimmt. »Der Name Ikaras – was bedeutet der?«

»Ach, eine Spielerei. Sie kennen doch die Erzählung von Ikarus, der zur Sonne fliegen wollte. Da der Verein aber keine Burschen, sondern Mädchen betreut, haben wir den Buchstaben U zu einem A gemacht, das klingt femininer. Wir wollten damit ausdrücken, dass sich jede aus den Tiefen aufschwingen kann.«

»Das Dumme ist nur, dass sich Ikarus zu hoch hinauf wagte, abstürzte und tot war«, entgegnete Kerbl.

»Deswegen haben wir uns dann entschlossen, den Verein

Girlshelp zu nennen«, sagte Hauser.

»Zu spät. Einige Mädchen waren jedenfalls tot«, zischte Höfer.

»Was sagen Sie da? Wie kommen Sie auf so eine Idee?«, stotterte Hauser. »Wir haben unsere Kinder immer nach bestem Wissen betreut.«

»Ha! Sie sitzen da, geilen sich an den Mädchen auf und ziehen sie in Gedanken schon aus. Junges Fleisch ist doch am schönsten, nicht?«, schrie Höfer.

»Das muss ich mir nicht bieten lassen!« Hauser war bleich geworden, sagte das aber mit fester Stimme.

»Der Herr Major hat sich vielleicht etwas vulgär ausgedrückt«, versuchte Kerbl zu beschwichtigen. »Tatsache ist aber, dass in seinem Haus, das vormals Ihrem Verein gehörte, zwei Mädchenleichen gefunden wurden. Da fragt man sich natürlich, was geschehen ist.«

Hauser war in sich zusammengesunken.

»Sie haben doch gesagt, dass Sie das Haus nicht von mir gekauft haben. Dann kann doch nur der Vorbesitzer der Mörder sein. Warum verhaften Sie nicht den?«

»Hätten wir, wenn es normale Morde gewesen wären«, bemerkte Kerbl. »Aber die Sache ist komplizierter. Die Mädchen wurden lebend eingemauert. Todeszeitpunkt vor zirka vier bis fünf Jahren. Da war das Haus noch in Ihrem Besitz.«

Kapitel 7

»Er ist schuldig«, sagte Höfer, als er mit Kerbl zu dessen Auto ging. »Haben Sie seinen Gesichtsausdruck gesehen?«

»Möglich!«, entgegnete Kerbl. »Aber ich wäre mir nicht so sicher. Seine Miene zeigte eindeutig Überraschung.«

»Natürlich! Weil wir ihm draufgekommen sind. Und dann sein Schweigen.«

»Also ich würde auch nichts mehr sagen, wenn man mich mit einer derartigen Anschuldigung konfrontiert. Die muss erst mal verarbeitet werden.«

»Also für mich ist er der Mörder«, erregte sich Höfer eigensinnig. »Habe ich Ihnen eigentlich schon von den beiden alten Damen erzählt, mit denen ich zufällig bekannt geworden bin?«

»Mir sagen Sie ja nie etwas, Sie wollen immer nur alles von mir genau wissen«, antwortete Kerbl spitz. »Haben die einen Bezug zu unseren Morden?«

Höfer erzählte, wie er mit ihnen auf der Suche nach Hausers Adresse bekannt wurde.

»Sie haben das Haus auch von Hauser gekauft. Stellen Sie sich vor, wie bei mir steht auch in ihrem Wohnzimmer so ein Pfeiler. Es kann also durchaus sein, dass wir dort auch Mumien finden.«

Kerbl lachte auf.

»Ich kann doch nicht wegen eines unbegründeten Verdachts bei den Frauen Mauern niederreißen. Das geht nicht!«

»Sie haben recht, die alten Damen würden vielleicht tot umfallen, wenn die Spusi unangemeldet bei ihnen erscheint. Aber ich habe vorgesorgt.«

»Ah ja? Haben Sie von Ihren Leichenfunden erzählt?«

»Ich verschrecke die Frauen doch nicht. Ich habe angeboten, meine Helfer zu ihnen zu schicken, sobald sie bei mir fertig sind. Dabei kann durch Zufall ein Loch im Pfeiler entstehen und dann wir wissen Bescheid.«

»Sie sind ein durchtriebener Hund. Das hätte ich Ihnen nicht zugetraut«, sagte Kerbl bewundernd.

»Naja, jetzt wissen Sie wenigstens, was Sie an mir haben.«

Höfer versuchte die Situation gleich etwas auszunutzen.

»Ich werde morgen nach Wien zu Hausers Büro fahren. Vielleicht hat er über Nacht nachgedacht und erzählt mir einiges. Sie haben ohnehin genug anderes zu tun.«

Kerbl war das zwar nicht recht, aber was sollte er tun? Er hatte Höfer schließlich an Bord genommen, damit dieser die Drecksarbeit für ihn erledigte.

*

Heidi Heblein stürzte ins Wohnzimmer. In ihrer Hand schwenkte sie aufgeregt eine Zeitung.

»Gerti, das musst du unbedingt lesen. Mödling wird berühmt, aber leider auch berüchtigt. Man hat zwei Leichen gefunden.«

»Wo denn?«, fragte Gerti.

»Das steht leider nicht da.«

»Du und deine Gratisblätter«, lachte Gerti auf. »Die schmieren doch immer etwas hinein, ohne zu wissen, ob es stimmt. Gib her.« Sie streckte fordernd die Hand aus.

»Mumien«, las sie. »Na, da hast du es ja. So ein Schwachsinn. Die gibt es doch nur in Ägypten.« Sie vertiefte sich weiter in den Artikel. »Was? Die waren eingemauert? Dann müssen sie auf der Burg Mödling gefunden worden sein. Heutzutage macht man das sicher nicht mehr. Ist doch zu viel Arbeit. Was meinst du, Heidi, machen wir einen Spaziergang zur Burg?«

»Würde ich gerne, aber du weißt ja, meine Beine. Aber warum sollten die Toten nicht im Ort gefunden worden sein?«

»Wie sollte man da eingemauerte Leichen finden, sagst du mir das?«

»Beim Abriss eines Hauses?«

»Hmm! Könnte sein. Leider verschandeln genug grausliche neue Häuser unsere Stadt.«

»Siehst du? In unseren Krimis werden ja auch immer Leichen im Fußboden einbetoniert. Warum nicht auch in Mauern?«

Sie schwiegen und Gerti blätterte raschelnd die Zeitung durch.

Heidi sprang auf.

»Sollten wir nicht sicherheitshalber unsere Mauern prüfen?«

»Du spinnst ja, Heidi. Da liegt dann höchstens der ganze Verputz am Fußboden. Nein, das verbiete ich.«

*

Sollte er bei Uschis Kaffeehaus vorbeischauen oder nicht? Höfer wog ab, ob es sich rentierte, wieder eine heftige Diskussion mit ihr zu führen. Er entschloss sich, noch ein wenig abzuwarten, vielleicht bekam sie ja doch Sehnsucht nach ihm. Allzu lange durfte er es aber nicht aufschieben. Morgen, spätestens übermorgen würde er ihr einen Besuch abstatten. Vielleicht sollte er ihr Blumen mitbringen.

Höfer setzte sich ins Auto und fuhr nach Wien. Hauser war zwar kein vollwertiger Ersatz für Uschi, aber ihn durfte er ungestraft an die Kandare nehmen.

Die Dame am Empfangspult lächelte und fragte mit rauchiger Stimme, was sie für ihn tun könne.

»Sie nichts!«, sagte er schmallippig. »Ich muss Herrn Hauser sprechen. Polizei!«

Die Frau starrte ihn sekundenlang an.

»Haben Sie gestern schon einmal angerufen?«, fragte sie.

»Nein!«, knurrte er.

»Das dachte ich mir. Der Herr war bedeutend netter«, nuschelte sie leise vor sich hin. Höfer verstand sie trotzdem. Sie starrte auf den Computerbildschirm. »Herr Hauser ist im Moment nicht zu sprechen. Kommen Sie ein andermal wieder.« Die Freundlichkeit war aus ihrer Stimme verschwunden.

»Dann warte ich!« Höfer sah sich nach einem Sitzplatz um.

»Hören Sie! So geht das nicht. Das können Sie nicht machen«, rief die Frau und sprang von ihrem Sitz auf.

»Haben Sie eine Ahnung, was ich alles kann«, schnauzte Höfer.

»Gehen Sie, sonst rufe ich die Polizei«, erregte sie sich.

»Die ist schon da«, rief er, zeigte seine Zähne und glaubte, damit ein Lächeln anzudeuten.

Diese Diskussion hatte nicht gerade im Flüsterton stattgefunden. Neugierig spähten aus geöffneten Türen Köpfe zum Empfangsbereich.

»Was ist denn das für ein Aufruhr? Man kann sich ja nicht konzentrieren.« Hauser kam aus seinem Büro und stapfte zum Empfangspult.

»Ah! Sie sind ja doch da, Herr Hauser«, rief Höfer. »Die Dame erzählte mir also Lügen. Sie sollten sie auswechseln.«

Hauser ging darauf nicht ein. »Herr Major?«, sagte er fragend. »Was wollen denn Sie schon wieder?«

»Unsere Unterhaltung von gestern fortsetzen. Sie haben sicher über einiges nachgedacht.«

Hauser wurde blass.

»Kommen Sie in mein Büro«, sagte er knapp. »Diese Geschichte ist nicht für Gang und Vorzimmer geeignet.«

»Ja, ja, man will sicher nicht vor Publikum als Mörder bezeichnet werden«, blaffte Höfer.

Wortlos schob ihn Hauser in sein Büro.

»Setzen Sie sich.« Er wies zu einer modernen Sitzgruppe. »Wollen Sie etwas trinken?«

»Ich will mit Ihnen reden, sonst nichts.«

Mit zittriger Hand schenkte sich Hauser ein Glas, nach Meinung Höfers sündteurer Cognac, ein. Dann nahm er ihm gegenüber Platz.

»Ich habe mir die Sache angesehen«, begann er weitschweifig. »Tatsächlich hat unser Verein, ehe wir unser Domizil am Waldesrand erwarben, verschiedene Häuser aufgekauft, die eine Genossenschaft abstoßen wollte, um unsere Kinder betreuen zu können.« Hausers Hand zitterte immer noch, als er einen Schluck zu sich nahm. »Ihr Haus war sicher eines der Bauten, die wir dann zu einem kostengünstigen Preis wieder verkauften. Wenn Sie also Leichen gefunden haben, müssen Sie sich an die Genossenschaft oder deren Mieter halten, denn von unseren Betreuern hat sicher keiner einen Mord begangen.«

»Wie wollen Sie das denn garantieren, Herr Hauser?«

»Weil meine Leute keine derartige Schandtat begehen. Für sie lege ich meine Hand ins Feuer«, sagte Hauser erregt.

»Wenn Sie sich dabei nicht die Finger verbrennen. Denn Tatsache ist, dass die Toten Mädchen waren, das kann niemand bestreiten. Das hat der Gerichtsmediziner eindeutig festgestellt. Daran ist nicht zu rütteln.«

Höfers Lautstärke hatte sich erhöht.

»Ich bitte Sie, die Angestellten müssen nicht alles mitbekommen. Sie wissen doch, dass sich so etwas wie ein Lauffeuer verbreitet. Das ist schlecht für das Firmenklima.« Hauser legte beschwichtigend seinen Finger an den Mund.

»Ich habe mir extra die Adresse und Telefonnummer der Genossenschaft herausgesucht. Die können Sie also kontaktieren und den Mieter eruieren. Ich bin überzeugt, dass Sie damit auch den Mörder fassen können.«

»Nun gut, belassen wir es vorerst dabei. Sollten aber weitere Leichen auftauchen, und davon bin ich ziemlich überzeugt, dann sind Sie wieder dran, Herr Hauser.«

»Das wird nicht geschehen. Unser Verein tut Gutes und mordet nicht, seien Sie sicher.« Hausers Hand zitterte immer noch, als er sich den nächsten Schluck genehmigte.

Höfer schlug die Hände auf seine Schenkel.

»Ich will Ihnen vorerst einmal glauben. Wenn Sie mir jetzt die Adressen geben, sind Sie mich fürs Erste los.«

»Ich habe nur eine Adresse von der Genossenschaft«, sagte Hauser.

»Ich will auch die Anschriften der Häuser, in denen Ihr Verein Mädchen untergebracht hatte. Als langjähriger Präsident haben Sie die bestimmt in Ihrem Gedächtnis.« Als Höfer die zweifelnde Miene Hausers bemerkte, setzte er nach: »Oder irgendwo aufgeschrieben. Dabei kann mir die Genossenschaft sicher nicht weiterhelfen.«

Hauser erhob sich mühsam und ging zu seinem Schreibtisch.

»Ob ich mich noch an alle erinnern kann, bezweifle ich. Ist doch schon lange her.«

»Bemühen Sie sich. Sollte Ihnen später noch etwas einfallen, hier meine Telefonnummer.« Höfer hatte keine Visitenkarte, er legte einen handgeschriebenen Zettel auf das Tischchen.

»Es könnte sein, dass die Hausnummern nicht stimmen«, sagte Hauser, nachdem er einer Weile lang Adressen auf einem Zettel notierte. »Aber nachdem die Häuser der Genossenschaft alle gleich aussehen, kann es nicht schwierig sein, sie zu finden.«

Höfer stopfte das Papier in seine Tasche. Dann fiel ihm noch etwas ein.

»Sagen Sie, wer ist denn auf diese irrsinnige Idee gekommen, diesen völlig unmotivierten Pfeiler mitten in die Wohnzimmer zu stellen?«

»Davon weiß ich nichts.« Hauser tat erstaunt. »Da müssen Sie bei der Genossenschaft nachfragen, die hat die Häuser ja gebaut.«

»Oder es gab sie damals nicht. Haben Sie vielleicht einige begabte Maurer in Ihrer Truppe?«

»Wir haben nur Mädchen!«, rief Hauser.

»Naja, auch die können mauern«, knurrte Höfer und ging.

»Nächstes Mal soll der nette Polizist kommen«, rief ihm die Dame am Empfangspult nach, als er zum Aufzug ging.

*

Zufrieden war Höfer mit dem Ergebnis nicht. Dieser Mann verschwieg etwas, obwohl er so tat, als ob er an der Aufklärung dieses mysteriösen Falles interessiert sei.

Auf der Rückfahrt nach Mödling überkam ihn das unbändige Verlangen nach einem kühlen Glas Bier. Er würde bei Uschi vorbeischauen, vielleicht hatte sie sich schon wieder beruhigt.

Das Café war gut besucht. Als er eintrat, kam Uschi hinter dem Tresen hervor, umarmte ihn und drückte einen Kuss auf seine Wange.

Was sollte denn das? Er schob sie ein wenig von sich.

»Willst du jemanden eifersüchtig machen?«

Er sah sich unter den Gästen um. Niemand schien die Szene mitbekommen zu haben, nur einer starrte unentwegt mit seinen runden Augen zu ihnen. Ein dünnes Männchen mit viel zu großem haarlosem Kopf, seine Unterlippe war aufgestülpt.

Uschi sah auch zu ihm und begann zu lachen.

»Otto?« Sie knuffte Höfer in die Seite. »Das ist ein ganz Lieber.«

»Ah ja? Den Großkopferten willst du eifersüchtig machen? Da kann ich dir helfen.« Er suchte ihre Lippen.

Kurz ließ sie sich das gefallen, dann schob sie ihn weg.

»Pauli, nicht im Lokal! Sonst landen wir noch hinter der Theke am Fußboden und das kann ich meinen Gästen nicht zumuten. Wir setzen das am Abend fort, ja? Ich koche uns was Gutes.«

Sie entwand sich seinem Griff und eilte hinter den Tresen.

»Kaffee?«, fragte sie.

»Ich brauche ein Bier«, erwiderte er. »War heute in Wien, ein Horror, sag ich dir. Ich bin froh, dass ich jetzt in Mödling wohne, obwohl wohnen nicht der richtige Ausdruck ist. Vegetieren wäre besser.«

»Was macht dein Haus?«

Höfer seufzte. »Leider bin ich zu selten dort. Du weißt ja, die beiden Morde. Aber anschließend fahre ich hin, um Sabo ein wenig Feuer unter dem Hintern zu machen. Ich will doch nicht noch wochenlang am Fußboden schlafen.«

»Heute brauchst du das nicht«, versprach sie. »Und morgen musst du garantiert keinen Löskaffee trinken, das verspreche ich.« Uschi seufzte auf. »Ach, ich bin so froh, dass du da bist.«

Höfer trank sein Bier aus und sah auf die Uhr. Hoffentlich waren Sabo und sein Helfer noch da.

»Um acht Uhr, ja?«, rief er Uschi zu, die gerade bei einem Gast kassierte.

Hasserfüllte Augen folgten ihm, als er zur Türe ging.

Als er im Auto saß und zu seinem Haus fuhr, wunderte er

sich wieder einmal über die Stimmungsschwankungen, die eine Frau haben konnte.

*

Kerbl war neugierig, ob Höfer sein Versprechen, Ermittlungen, die er machte, mit ihm zu teilen, tatsächlich einhielt. Er selbst hatte bis jetzt nichts Neues erfahren, er trat am Stand, war keinen Schritt weitergekommen. Dass der Major nicht auf die Inspektion kam, lag auf der Hand. Schließlich durfte Chefinspektor Plesser nichts von ihrem Pakt erfahren. Sie mussten sich wo anders zusammensetzen und was lag näher als Höfers Haus? Er hoffte nur, dass er ihn dort antraf.

An der Hausmauer waren Gerüstteile angelehnt und neben dem Eingang lag ein Haufen Ziegelsteine.

«Hallo?«, rief er beim Eintreten.

Aus dem Keller drangen dumpfe Klopfgeräusche nach oben. Er ging weiter zu dem Raum, der einmal das Wohnzimmer werden sollte. Der Pfeiler mit seinen Löchern stand noch immer da.

»Sie suchen aber jetzt nicht nach Leichen, oder?«, hörte er eine Stimme in seinem Rücken.

Kerbl drehte sich um. Höfer, diesmal nicht im Maurergewand, sondern in dunkelblauem Anzug, lächelte ihn an.

»Fleißig, fleißig!«, sagte Kerbl. »Es sieht schon ziemlich manierlich aus. Wann steigt die Hauseinweihungsparty?«

»Erst wenn der Mörder gefasst ist«, brummte der Major.

»Das kann dauern«, meinte Kerbl. »Sagen Sie, den Pfeiler wollten Sie doch weg haben, bleibt er jetzt stehen?«

»Ja, quasi in Gedenken an die toten Mädchen. Ich mache dort einen offenen Kamin.«

»Ohne Rauchfang? Wie soll das gehen?«

»Elektrisch! Heutzutage ist doch alles möglich. Sieht auch gut aus. Fast wie echtes Feuer.«

Kerbl schüttelte bewundernd seinen Kopf.

»Sie sind aber sicher nicht hergekommen, um sich vom Baufortschritt zu überzeugen, gell?«

»Offen gestanden, nein. Ich wollte fragen, was Sie aus diesem Hauser herausbekommen haben.«

»Woher wissen Sie …« Dann fiel ihm ein, dass er es gestern so nebenbei erwähnt hatte.

»War doch vorauszusehen, so wie Sie ihn behandelt haben. Ich dachte mir, dass Sie den Mann nicht von der Leine lassen würden. Hatten Sie Erfolg?«

»Kann man so sagen. Jedenfalls rückte er einige Adressen heraus, an denen Mädchen betreut wurden. Und jene der Genossenschaft, die natürlich an allem schuld sein soll. Bei der werde ich mich morgen kundig machen.«

»Fein! Wenn Sie Unterstützung brauchen, rufen Sie mich an.«

Kerbl wandte sich zum Gehen.

»Ach, übrigens!«, rief ihm Höfer nach, »Wenn es mit Hauser noch etwas zu klären gibt, müssen Sie hinfahren. Befehl von seiner Vorzimmerdame. Sie sind viel netter als ich. Hat sie jedenfalls erklärt.«

Das konnte sich Kerbl auf alle Fälle vorstellen.

*

Kerbl lehnte in seinem Sessel, die Beine lagen auf der Tischplatte, umgeben von Aktenstößen. Er war der Meinung, dass, wenn nicht das gesamte Blut bis zu den Zehenspitzen floss, sich mehr Gedanken im Gehirn ausbreiten konnten. Er hatte sich die Adressen notiert und überlegte nun, wie er weiter vorgehen sollte.

Er konnte unmöglich mit seinem Spurensicherungstrupp in jedem dieser Häuser den Pfeiler verwüsten, um herauszufinden, ob Mumien versteckt waren.

Die Folgen, die daraus entstanden, wollte er sich gar nicht erst vorstellen.

Besser wäre es vielleicht, sich die Betreuer beziehungsweise Betreuerinnen vorzunehmen. Denn die Mädchen hatten sich sicher nicht selbst eingemauert. Auch einen Krieg rivalisierender Mädchenbanden konnte er sich nicht vorstellen.

Erleichtert seufzte er auf. Die Hochlagerung der Beine hatte gewirkt.

Sein Telefon läutete.

»Kerbl, zu mir!«, schnarrte Chefinspektor Plesser.

Wenn der Chef sich meldete, bedeutete das nie etwas Gutes. Er war sich keiner Schuld bewusst, außer dass die Ermittlungen nicht so schnell voranschritten, wie der Chef es gerne hätte. Seufzend machte er sich auf den Weg.

»Setzen Sie sich!«, Plesser deutete auf den Stuhl vor seinem Schreibtisch. »Wie kommen Sie voran?«

»Es ist zu früh, um von einer tatsächlichen Spur zu reden«, sagte Kerbl, während er Platz nahm.

»Ich habe gerade einen Anruf erhalten«, polterte Plesser. »Sie können doch mit einem unbescholtenen Bürger nicht so umgehen. Herr Hauser klang sehr verärgert.«

Diese Rüge musste er auf sich nehmen.

»Das tut mir leid, Chef, aber ich musste ihn ein wenig härter anfassen, da er sich anfangs nicht sehr kooperativ zeigte. Möglich, dass ich dabei ein wenig übers Ziel geschossen bin. Es wird nicht mehr vorkommen.«

»Naja, eigentlich ist er ja auch ein Gauner, aber er ist mit vielen bekannten Persönlichkeiten auf Du und Du. In meiner Position muss ich das beachten. Sollten Sie stichhaltige Beweise gegen ihn finden, bin ich der Erste, der aufspringt und Bravo schreit. Aber leere Anschuldigungen gegen ihn vorzubringen, das geht gar nicht.«

»Es war ein Versuch, Chef. Ich dachte, vielleicht verrät er sich.«

»Sie wissen doch, Kerbl, kriminalistische Arbeit ist mehr als dummes Geplapper. Wie oft habe ich Ihnen das schon gesagt? Also los. Finden Sie etwas mit Hand und Fuß.«

Plesser bedeutete ihm, dass er entlassen war. Kerbl war auf dem Weg zur Türe, als Plesser noch etwas einfiel.

»Sagen Sie, was macht eigentlich unser Major Höfer?«

»Hab ihn schon lange nicht gesehen«, log Kerbl. »Aber ich denke, die Renovierung seines Hauses wird bald abgeschlossen sein.«

»Hoffentlich finden wir vorher den Mörder«, seufzte Plesser. »Sonst haben wir es alle nicht schön hier.«

Kapitel 8

Heidi Heblein schrie und hüpfte auf einem Bein durch das Wohnzimmer. Sie war in ein Loch des Fußbodens getreten.

»Wir sollten das Angebot dieses netten Polizisten endlich annehmen«, jammerte sie.

»Ich weiß nicht, normal kommen mir nette Polizisten eher verdächtig vor. Das ist doch nicht ihre Art, mit Menschen umzugehen.« Gerti zog ihre Stirne kraus.

»Hast du schon schlechte Erfahrungen mit ihnen gemacht?«, erkundigte sich Heidi.

»Persönlich nicht. Aber man hört und liest so einiges. Brauchst dich nur mit jemandem auf der Straße unterhalten.« Sie lachte auf. »Die Polizei – dein Freund und Helfer!« Ihr Gekicher wurde von einem Hustenanfall unterbrochen. »Dieser Spruch ist doch nur ein Marketingschmäh«, krächzte sie.

»Dein Husten hört sich gar nicht gut an, Gerti. Alleine deswegen sollten wir das Angebot annehmen.«

»Ach was, jetzt kommt eh der Sommer und da ist es mit der Husterei vorbei. Ich will mich nicht in Schulden stürzen.«

»Ja, aber der nächste Winter kommt bestimmt.« Heidi blieb hartnäckig. Schließlich war sie die Leidtragende, wurde regelmäßig aus ihrem Schlaf gerissen.

Sie glaubte zu wissen, wo dieser Polizist wohnte und würde in der Nachbarschaft Erkundigungen einholen. Anwohner wussten meist darüber Bescheid, wie sich die Leute in ihrer Umgebung verhielten.

*

»Was willst du hier?«, knurrte Uschi. Sie vermied es, ihn anzusehen. »Bleib doch bei deinen Weibern.«

»Welche Weiber?«, fragte Höfer verdattert. Er war sich keiner Schuld bewusst. »Uschi, seit ich dich kenne, habe ich keine andere Frau auch nur angesehen. Das musst du mir glauben.«

»Ja, ja, du brauchst es nicht abstreiten, du wurdest gesehen.«

»Das muss eine Verwechslung sein. Ich hätte gar keine Zeit, um mit einer Frau auch nur kurz einige Worte zu wechseln. Ich bin auf Mördersuche, falls du es vergessen hast.«

»Pah! Rede dich nicht heraus. Du wurdest beobachtet, wie du mit zwei Frauen in ihr Haus gegangen und lange drinnen geblieben bist. Was habt ihr dort für Sexspielchen getrieben, ha?« Uschis Zorn war unüberhörbar.

Wer vernaderte ihn bei Uschi und welche Frauen ...?

Höfer begann plötzlich zu lachen.

»Uschi, die Damen sind beide um die Achtzig. Ich ging zu ihnen, da ich dachte, dass der Mann, von dem ich mein Haus gekauft habe, dort wohnt. So steht es jedenfalls im Meldeamt. Es stellte sich heraus, dass die Frauen es ebenfalls von diesem Herrn gekauft haben. Sie haben mich dann auf Kaffee und Kuchen eingeladen. Ich ging mit, da ich sehen wollte, ob wie bei mir ebenfalls ein Pfeiler im Wohnzimmer steht. Was es tut. Und jetzt überlege ich, ob dort ebenfalls Leichen verborgen sind.«

»Wirklich, Pauli?« Uschis Miene hellte sich auf.

»Ich schwöre! Wer hat mich denn bei dir angezeigt?«

»Otto!«, sagte sie mit betretener Miene.

»Und dem glaubst du mehr als mir? Wenn du willst, nehme ich dich mit, wenn ich nächstes Mal die Damen besuche. Aber ich warne dich, ihr Kuchen ist grausig.«

*

Heidi wanderte durch die Gasse, wo vermutlich dieser nette Inspektor sein Domizil herrichtete. Einige dieser Häuser sahen dem von Gerti sehr ähnlich. Sie schienen vom selben Baumeister errichtet worden zu sein. Dann sah sie das Haus, das dem Polizisten gehören musste. Leitern und Gerüstteile waren an der Fassade angelehnt. Sie ging darauf zu und bemerkte am Nachbargrund einen Mann, der in seinem Garten Hecken zurechtschnipselte. Das war die Gelegenheit, Näheres zu erfahren.

»Guten Tag. Schön haben Sie es hier«, begann sie.

»Ja!«, sagte der Mann und schnitt einen vorstehenden Ast ab.

»Einen wundervollen Garten haben Sie.«

»Ja!« Der Mann zwickte den nächsten Ast ab.

»Und herrlich ruhig ist es«, versuchte sie es weiter.

»Ja!«

Ein sehr gesprächiger Herr, dachte Heidi. Vielleicht sollte ich es wo anders versuchen, ich hoffe, er schläft bei seiner Arbeit nicht ein. Dann ließ der Mann die Schere sinken und sah sie an.

»Es wäre noch viel ruhiger, wenn der Umbau zu Ende wäre.« Er deutete zum Nachbarhaus. »Jahrelang hörte ich nur die Vögel zwitschern. Obwohl ...« Er kratzte sich am Kopf. »... eigentlich war es schon schlimmer. Da lebten junge Mädchen hier. Den Wirbel können Sie sich vorstellen.«

»Die haben alleine hier gelebt?«, wunderte sich Heidi.

»Ach, woher! Es gab da einmal so einen Verein, der sich angeblich um Mädchen gekümmert hat, die von zu Hause weggelaufen sind oder keine Eltern mehr hatten. Der hat in der Gegend verschiedene Häuser gekauft, in denen diese dann wohnten. Meines wollten sie auch, aber ich habe mich damals geweigert. Als die Bande hier einzog, habe ich es bereut. Aber man gewöhnt sich ja an alles.«

»Wann war denn das? Ich meine mit dem Häuserkauf?«, erkundigte sich Heidi neugierig.

»Warten Sie, das muss über zehn Jahre her sein. Aber scheinbar lief das Geschäft mit den Mädels nicht so gut. Vor zirka fünf Jahren haben sie dann dichtgemacht. Da waren nur mehr ein, zwei Mädchen hier. Und von heute auf morgen stand die Bude leer, bis der neue Käufer kam. Der wird hoffentlich nicht so einen Wirbel veranstalten.« Der Mann fuhr sich mit der Hand über das Gesicht. »Obwohl – vor einigen Tagen war wieder allerhand los. Polizeiautos standen vor dem Haus, ich bilde mir sogar ein, einen Leichenwagen gesehen zu haben. Der Mann wird doch nicht ein Mörder sein?«

»Ich glaube, er ist Polizeibeamter«, sagte Heidi.

»Was Sie alles wissen«, wunderte sich der Mann. »Naja, vielleicht haben sie die Leiche eines Obdachlosen gefunden. Lang genug ist das Haus ja leer gestanden.«

»Möglich!«, meinte Heidi, aber in ihrem Hirn machte sich eine andere Vorahnung breit. »Sagen Sie, was meinten Sie mit dem ›Geschäft mit den Mädchen‹?«

»Ich weiß nicht! Dieser Verein war mir nie ganz geheuer. Mädchen kamen und verschwanden, dafür erschienen neue und es dauerte nicht lange, bis auch die nicht mehr auftauchten. Man liest doch immer wieder von Mädchenhandel und dafür ist ein Verein sicher eine gute Tarnung.«

»Aber doch nicht bei uns. Vielleicht in Afrika oder Südamerika, aber nicht hier. Das kann ich mir nicht vorstellen. Wir haben doch Gesetze und Regeln, die von den Behörden überwacht werden.«

»Dass ich nicht lache. Bei unserer Freunderlwirtschaft? Man richtet es sich und hält die Hand auf, so sieht es doch aus.«

»Schlechte Erfahrungen?« Heidi lächelte ihn an. »Dieser Verein scheint jedenfalls sehr interessant zu sein. Vielen Dank!«

»Sind Sie auch bei der Polizei?«, fragte der Mann interessiert.

»Nein! Krimileserin. So! Ich muss weiter. Hab mich gefreut, Ihre Bekanntschaft zu machen, Herr …«

»Nötig!«, sagte der Mann und wischte seine Hand an der schmutzigen Hose ab.

»Herr Nötig, wir sehen uns sicher bald wieder.« Heidi winkte ihm zu und ging. Beim Haus des Polizisten blieb sie nicht stehen. Sie hatte genug zu denken.

*

Höfer schritt langsam durch sein Haus. Seine beiden Helfer hatten wirklich gut gearbeitet. Natürlich könnte er hie und da etwas reklamieren, Kleinigkeiten, die aber nicht ins Gewicht fielen. Seinen Sarkasmus ließ er eingepackt, denn es drängte ihn, seine Männer zu den beiden Frauen zu schicken.

»Na, das habt ihr ja ordentlich hingekriegt, Sabo«, lobte er. »Jetzt noch die Fassade ausgebessert und neu gefärbelt und ihr seid fertig. In ein paar Tagen kann ich endlich meine Möbel holen und einziehen.«

»Nicht ganz, Chefe. Fußboden, du dir ansehen.« Er zerrte Höfer ins sogenannte Wohnzimmer und begann dort zu springen. Die Bretter ächzten unter seiner Last und bogen sich durch.

»Muss neu machen, Chefe, sonst du vielleicht einbrechen.«

Höfer dachte vor Schreck an die Leute der Spurensicherung, die von möglichen Leichen unter dem Boden sprachen.

»Nix da!«, meinte er. »Die Bretter werden nicht herausgerissen!«

»Ich nicht wollen, Chefe. Neue Fußboden darüberlegen. Ist schön und können nix mehr passieren deinem Bein, du verstehen?«

»Ach so!«, sagte Höfer besänftigt. »Ja, das geht in Ordnung. Aber beeilt euch bitte, ich habe bereits einen neuen Job für dich und deinen Kollegen. Sag, wo ist der eigentlich?«

»Oh, Chefe, nicht schimpfen bitte, Miro ist Schlingel, machen heute Pfusch. Muss machen, bei altem Chefe. Aber morgen wieder da.«

»Bei seinem alten Boss? Na, hoffentlich landet er dafür nicht im Kittchen.« Höfer kannte den Mann. Mit ehrlicher Arbeit hatte der es noch nie versucht.

»Chefe, du sagen neue Arbeit? Was müssen machen?«

»So wie hier. Auch ein altes Haus, in dem zwei alte Weiber wohnen.«

»Alte Frauen? Nix gut, Chefe. Wissen immer alles besser.«

»Nein, nein, Sabo. Nette Frauen und sie können gut kochen. Ihr werdet dort gemästet werden.« Diese Lüge kam ihm locker über die Lippen.

*

Kerbl saß an seinem Schreibtisch und stierte vor sich hin. Die Morde an den beiden Mädchen zerrten an seinen Nerven. Wie sollte er weiter vorgehen? Wer die Opfer waren, konnte man nicht sagen, verwertbare DNA-Spuren waren nach so vielen Jahren sicher nicht aufzutreiben. Innerlich war er zwar überzeugt, dass dieser Verein involviert war, aber wie sollte man das beweisen? Es war natürlich auch möglich, dass der Käufer oder Mieter des Hauses, als es noch von der Genossenschaft verwaltet wurde, diese Taten begangen hatte. Er musste Höfer darauf aufmerksam machen, dieser wollte doch mit den Leuten dort sprechen.

Kerbl seufzte und zog den Vereinsauszug aus einem Stapel Papiere, die seinen Tisch überhäuften.

Vizepräsident, Kassier und Stellvertreter, Schriftführer – diese Herren sollte man auch vernehmen.

Doch diese Morde waren ja nicht der einzige Fall. Es wartete genügend anderes auf Erledigung.

Höfer musste das übernehmen. Er, Kerbl, hatte zwar den Geist aus der Flasche gelassen, dafür sollte dieser aber auch die Arbeit übernehmen.

Hauptsache, er konnte dann die richtigen Schlüsse daraus ziehen.

*

Höfer war gespannt, welche Auskünfte er von der Genossenschaft bezüglich der Häuser erhielt. Er wählte die Nummer, die er von Hauser erhalten hatte. Das Freizeichen ertönte, aber anscheinend wollte niemand abheben. Er ärgerte sich. Was war denn das für eine Firma? Fühlte sich niemand für das Telefon verantwortlich? Endlich hörte er ein Knacken.

»Huber!«, meldete sich eine Stimme.

»Was seid denn ihr für ein Verein?«, schrie er. »Ich möchte sofort den Direktor sprechen, aber dalli!«

»Der Direktor bin ich, wenn Sie wollen.«

»Ich brauche Auskunft über einige Häuser in Mödling, die Ihre Genossenschaft einem Verein verkauft hat. Können wir das telefonisch erledigen, oder muss ich zu Ihnen kommen?«

»Genossenschaft? Bist es du, Franzl? Deine Witze waren auch schon besser.« Der Mann begann zu lachen. »Was dir immer für Blödheiten einfallen. Komm lieber herüber, ich habe frisches Bier im Eiskasten.«

»Wollen Sie mich verarschen? Das kann Ihnen teuer zu stehen kommen, hier spricht Major Höfer von der Polizei.«

»Poli…, Franzl, jetzt ist es aber genug.«

Höfer versuchte seinen Grimm hinunterzuschlucken und schwieg.

»Sind Sie wirklich von der Polizei?«, fragte der Mann verdattert. »Hören Sie, ich habe keine Genossenschaft. Ich war Bauarbeiter und jetzt bin ich in Pension. Sie haben sich sicher verwählt.«

Höfer sagte die Nummer auf und der Mann bestätigte, dass es seine war. Er hatte sie, seit er in Pension gegangen und in sein Haus gezogen war. Die Adresse, die Höfer ihm vorlas, stimmte ebenfalls nicht.

Zähneknirschend musste sich Höfer entschuldigen.

Was dachte sich dieser Hauser bloß, ihm eine falsche Telefonnummer und Adresse unterzujubeln? Er wollte damit doch seine Unschuld beweisen. Erreicht hatte er das Gegenteil.

»Na, mein Freund, jetzt wirst du mich richtig kennenlernen«, knurrte er, gleichzeitig schoss ihm aber der Gedanke ein, dass an der angegebenen Adresse vielleicht doch diese Genossenschaft zu finden war. Möglich, dass Hauser sich in seiner Aufregung bei der Nummer verschrieben hatte.

Hinzufahren, darauf hatte er im Augenblick aber keine Lust.

Kerbl! Der Mann war doch ganz versessen drauf, diesen Fall schnellstens zu klären. Die Polizei hatte genügend Möglichkeiten, Firmen samt Anschrift und Telefonnummer herauszufinden. Dann sollte er wenigstens ein bisschen Arbeit übernehmen.

Er rief ihn an.

*

»Du findest wieder einmal Zeit, mich zu besuchen?«, sagte Uschi streng, aber sie freute sich sichtlich, ihn so schnell wieder zu sehen.

»Ich war doch erst vor kurzem …«, verteidigte er sich.

»Du solltest jeden Tag kommen«, erregte sie sich.

»Die viele Arbeit«, seufzte Höfer. »Der Inspektor, mit dem ich zusammenarbeite, hält mich ziemlich auf Trab. Dazu mein Haus, ich weiß nicht mehr, wie ich heiße.«

»Pauli«, lachte sie und hielt ihm einen Kugelschreiber hin. »Schreib es dir auf.«

»Lass den Quatsch!« Aber Höfer musste nun ebenfalls lachen. »Zum Glück habe ich aber auch eine gute Nachricht. In zwei, drei Tagen sind wir endgültig fertig und dann möchte ich dich zur Hauseinweihungsfeier einladen.«

»Das freut mich. Wer kommt denn aller?«

»Naja, du und …«, er stockte. »Zum Teufel, ich habe keine Ahnung.«

»Das solltest du aber schon wissen. Lade alle deine Freunde ein. Zu so einem historischen Moment, wie eine Hauseinweihung, müssen alle kommen.«

»Hab keine Freunde«, knurrte er.

»Jeder hat welche, denk ein wenig nach. Sag mir aber bitte vorher, wer kommt, damit ich weiß, ob sie mir zu Gesicht stehen. Aber deine Praterfeen aus Wien brauche ich nicht.«

»Wie oft soll ich dir noch sagen, dass ich mit diesen Weibern von der Straße nichts am Hut habe?«, schrie er und hieb auf den Tresen.

»Wer es glaubt!«, keifte sie.

»So ein Schwachsinn!«

Er stand auf, ging grußlos und vergaß, dass sein Auto vor dem Café stand.

Das Gehen beruhigte langsam sein Gemüt und als er vor dem Rathaus stand, konnte er wieder grinsen. Seine Uschi – eifersüchtig, wie sie war –, sie musste ihn sehr gerne haben.

Kapitel 9

Kerbl überlegte nach dem Anruf von Höfer bezüglich dieser Genossenschaft, wie er weiter vorgehen sollte. Natürlich hatte er bessere Möglichkeiten, eine Adresse herauszufinden, aber er fand es schlauer, einmal den Vereinsvorstand zu befragen. Wenn Höfer die Genossenschaft so wichtig war, sollte er sich doch selbst darum kümmern, oder ein wenig warten.

Er war froh, dass Höfer nicht da war und er die Befragung alleine durchführen konnte, denn die Methoden des Majors waren nicht nach seinem Geschmack.

Er wählte als Ersten den Kassier aus. Jemand, der mit Geld zu tun hatte, musste doch über alles, was in einem Verein geschah, genauestens Bescheid wissen.

Hannes Schreiber besaß einen Handwerksbetrieb. Der Größe nach zu urteilen, dürfte es eine gut gehende Spenglerei sein, fand Kerbl.

Die Firma war in einem Industriegebiet angesiedelt. Kurze Zeit später parkte er sich dort ein.

»Ich möchte den Chef sprechen«, sagte er zu der Sekretärin.

»Ist Ihre Dachrinne undicht geworden? Unsere Firma ist bekannt dafür, dass wir auch kleinste Reparaturen schnell und kostengünstig erledigen. Darf ich Sie an unseren Meister verweisen? Er nimmt sich Ihrer Sache gerne an.«

»Nein! Ich brauche Ihren Chef.«

»Oh! Ist es etwas Größeres? Dann ist unser Ingenieur Potz der richtige Mann für Sie.«

»Nein! Wie ich schon sagte, ich will Ihren Chef sprechen.« Kerbl wurde ein wenig ungeduldig.

»Haben Sie einen telefonischen Termin bekommen?« Die Dame war sehr hartnäckig.

»Den brauche ich nicht! Polizei!« Kerbl zückte seinen Ausweis.

»Oh! Hat uns jemand angezeigt? Die Leute sind manchmal wirklich unverschämt. Rennen wegen jeder Kleinigkeit gleich zum Kadi. Das ist eine Frechheit«, sagte das Fräulein entrüstet.

»Kommt das öfter vor?«, erkundigte sich Kerbl neugierig.

Sie zuckte nur mit den Schultern.

»Nun, ich kann Sie beruhigen. Mein Besuch hat nichts mit Ihrer Firma zu tun.«

»Sondern?«

»Tut mir leid, das kann ich Ihnen nicht auf die Nase binden. Also, den Chef bitte.«

»Ich weiß nicht, ob Herr Schreiber zugegen ist«, seufzte sie und hob den Telefonhörer ab.

»Langsam verliere ich die Geduld«, murmelte Kerbl laut genug, dass die Frau es mitbekam.

»Wir haben Glück!«, rief die Dame. »Er kommt gleich. Nehmen Sie inzwischen Platz.« Sie wies zu einer Sitzgruppe.

»Hoffentlich haut er nicht ab«, sagte Kerbl leise und setzte sich.

Seine Geduld wurde auf die Probe gestellt. Gerade als er beschloss, sich eigenhändig auf die Suche nach dem Chef zu machen, öffnete sich im Hintergrund eine Türe und ein hochgeschossener schlanker Mann kam auf ihn zu. Kerbl schätzte ihn auf zirka fünfzig Jahre, ein Schnauzbart zierte das Gesicht mit den blauen Augen. Seine blonden Haare waren kurz geschoren.

»Entschuldigen Sie die Wartezeit, Herr …?«

»Abteilungsinspektor Kerbl«, stellte er sich vor.

»Ich hatte noch eine wichtige Konferenz, online, Sie verstehen? Was kann ich für Sie tun?«

»Ich brauche von Ihnen einige Auskünfte, würde das aber lieber in kleinem Rahmen ...«

»Oh, natürlich! Kommen Sie mit.«

Kerbl staunte über die Einrichtung des Chefzimmers. Ein riesiger gläserner Schreibtisch mit drei Bildschirmen dominierte den Raum. In einer Ecke stand eine lederne Sitzgruppe.

»Nehmen Sie Platz«, wies Schreiber zu den Fauteuils. »Wollen Sie etwas trinken?«

Kerbl verneinte.

»Wie kann ich Ihnen helfen?«, sagte Schreiber und setzte sich mit einem Glas Cognac zu ihm.

»Es geht um Ihren Verein Girlshelp, das heißt, eigentlich um Ikaras, also die Vorgängerversion.«

»Sie sind von der Finanzpolizei? Seien Sie versichert, wir haben immer alles ...«

»Nein, nein, einfach gesagt geht es um Mord«, unterbrach Kerbl.

»Was? Ich bitte Sie, was soll denn unser Verein mit Mord zu tun haben? Das ist doch absurd!«, ereiferte sich Schreiber.

»Genau das ist die Frage«, sagte Kerbl und schilderte den Leichenfund.

»Ich kann es mir nicht vorstellen«, schüttelte Schreiber seinen Kopf. »Die Mädchen werden doch bei uns aufgenommen, dass sie etwas lernen, dass sie auf ihr späteres Leben vorbereitet werden. Ich weiß, wir haben einige Häuser gekauft, ehe die große Liegenschaft angeschafft wurde. Die hat Herr Hauser dann abgestoßen. Aber Mord – tut mir leid, damit kann ich nicht dienen.«

»Eine andere Frage. Wurden in Ihrem Verein, vor allem früher, als er noch Ikaras hieß, auch Burschen aufgenommen?«

»Ehrlich gesagt, kann ich Ihnen darüber keine Auskunft geben. Ich bin ja nur der Kassier, der darauf schaut, dass dem Verein genügend Geld zufließt. In alles andere bin ich nicht eingebunden. Hätte auch gar keine Zeit dafür.«

»Mit anderen Worten, was im Verein geschieht, interessiert Sie nicht. Sie halten nur die Hand auf, damit der Verein weiter existieren kann, alles andere ist Ihnen egal.«

»So ist es, leider. Sie sehen ja selbst, ich führe einen großen Betrieb, meine Mitarbeiter brauchen Beschäftigung, ich muss darauf schauen, dass genügend Arbeit hereinkommt, denn sonst kann ich meine Firma zusperren und das liegt nicht im Interesse aller.«

»Mit einem Wort, Sie haben keine Ahnung, was in dem Verein vorgeht, richtig?«

»So ist es. Leider, muss ich sagen. Aber es gibt genügend andere Menschen, die sich intensiv damit beschäftigen.«

»Welche?«

»Äh, nun, in erster Linie Herr Hauser.«

»Nun, er kann ja nicht alleine die Betreuung der Mädchen über haben. Sie sprachen von genügend anderen. Wer denn?«

Schreiber breitete die Arme aus. »Da kann ich Ihnen nicht helfen.«

Kerbl glaubte ihm kein Wort. Vor allem, weil er sich erinnerte, welche Blicke Schreiber den beiden Lehrmädchen zugeworfen hatte, als er aus seinem Büro kam.

»Weiß vielleicht Ihr Stellvertreter mehr über die Vorgänge im Verein?«

Schreiber lachte. »Zangler? Entschuldigen Sie meinen Lachanfall. Zangler ist ein gut situierter Pensionist, der nur eines wollte, einen Titel, mit dem man angeben kann. Bis jetzt hat er keinen Finger gerührt, die Arbeit blieb immer mir überlassen. Nur wenn irgendwo ein Fest stattfindet, ist er der Kassier-Stellvertreter eines ehrenhaften Vereins. Vizepräsident wäre er zwar lieber geworden, aber den sehen unsere Statuten nicht vor. Den Mann können Sie vergessen.«

»Gibt es einen Schriftführer? Wie sieht es mit dem aus?«

»Hmm! Möglich! Nein! Es ist sogar wahrscheinlich. Schließlich hat er ja die ganze Korrespondenz zu erledigen, die nicht nur aus Bettelbriefen besteht. Ja, ich glaube Stockl hat genügend Einblick in das Geschehen. Mit ihm sollten Sie sprechen, Herr Kommissar.«

Kerbl verkniff sich den Einwurf: »Abteilungsinspektor, wenn ich bitten darf!«

Stattdessen verlangte er die Adresse des Herrn.

*

»Gerti!«, rief Heidi, als sie nach Hause kam. »Du glaubst ja nicht, was ich heute erfahren habe.«

»Sei bitte ruhig, ich bin gerade einem Mörder auf der Spur.«

Sie lag, in einen Krimi vertieft, auf dem Diwan im Wohnzimmer.

»Ein, zwei Seiten noch, dann sollte ich wissen, wer es ist. Dann kannst du mich mit deinen Neuigkeiten überfallen.«

Heidi verzog sich kurz in die Küche. Recht war ihr das nicht, nicht sofort mit allem herausplatzen zu können.

»Na, wer ist der Mörder?« Heidi biss von ihrem Butterbrot ab, das sie in der Küche gestrichen hatte.

Gerti schlug das Buch zu.

»Ich weiß es nicht. Ein heimtückischer Krimi«, beschwerte sie sich. »Kaum glaubt man, den Mörder zu kennen, ist er drei Seiten später tot. So kann man mit Lesern doch nicht umgehen. Da verliert man die ganze Freude.«

»Das ist doch der Sinn der Sache, Gerti. Wenn der Mörder

nach zehn Seiten gefasst ist, liest doch niemand weiter, sondern schmeißt den Roman zum Altpapier.«

»Naja, trotzdem ärgert es mich.« Gerti zeigte sich uneinsichtig. »Also, Heidi, was hast du so Wichtiges erfahren?«

»Eigentlich wollte ich den netten Polizisten aufsuchen, mir sein Haus ansehen. Dann blieb ich beim Nachbarn hängen. Der hat mir erzählt, dass vor einiger Zeit Polizeiautos und ein Leichenwagen vor der Tür standen. Er glaubt, dass ein toter Obdachloser im Haus des Polizisten gefunden wurde. Aber, und jetzt kommt es, er sagte auch, dass früher in dem Haus junge Mädchen wohnten, es aber immer weniger wurden, bis er dann keines mehr sah und kurze Zeit später stand das Haus leer.« Heidi starrte in die Luft. »Könnte es nicht sein, dass die Mädchen ermordet und verscharrt wurden und jetzt hat man zwei gefunden?«

Gerti begann zu lachen. »Du bekommst jetzt Krimiverbot, Heidi.«

»Mein Gefühl sagt mir, dass ich recht habe.«

Gerti amüsierte sich weiter. Plötzlich wurde sie ernst. »Hat der Mann von einem Verein gesprochen, Heidi?«

Die schlug sich an die Stirn. »Richtig! Jetzt, wo du es sagst. Davon hat er erzählt. Waren es behinderte Mädchen, die betreut wurden?«

»Warte! Mir hat kürzlich jemand beim Einkauf einen Zettel in die Hand gedrückt und dort stand drinnen …« Gerti ging ins Vorzimmer und stöberte in einer Schachtel.

»Da ist es ja!« Sie schwenkte ein Prospekt.

»Tun auch Sie Gutes«, stand darauf. »Seit mehr als zwanzig Jahre versucht der Verein Girlshelp armen, alleinstehenden Mädchen zu helfen, ihnen eine Perspektive für ihr Leben zu geben. Bei uns werden sie betreut, für einen Beruf geschult, um sie dann in ihr neues Leben zu entlassen. Öffnen Sie Ihr

Herz und Ihre Geldbörse, damit wir diesen jungen Menschen weiterhin helfen können.«

»Das kann der Verein sein«, sagte Gerti. »Aber die Mädchen werden dort betreut und nicht ermordet, wie es dir deine Fantasie vorgaukelt.«

»Wer weiß das schon«, orakelte Heidi. »Man liest so oft von Mädchenhandel. Vielleicht werden sie in Sex geschult und dann verkauft?«

»Ja, ja, und die nicht mitmachen, werden ermordet. Du spinnst ja, Heidi.«

»Gerti, was meinst du? Anstatt Krimis zu lesen, könnten wir doch selbst ein wenig über den Verein herausfinden. Damit würden wir dem netten Polizisten sicher helfen.«

»Ha!« Gerti schrie auf. »Dass ich das Vergessen konnte. Ich sage dir, man sollte nicht alt werden. Ich kenne eine Frau, die hat mir erzählt, dass sie Mädchen betreut hat. Verzogene Fratzen, aufmüpfig und vollkommen desinteressiert, was Arbeit anbelangte. Ich muss nur sehen, ob ich ihren Namen oder die Adresse habe. Dann werden wir sie besuchen. Wenn sie vielleicht bei diesem Verein gearbeitet hat, kann sie uns sicher einiges erzählen.«

»Toll! Was du für Leute kennst, Gerti. Ich hoffe, wir finden die Frau.«

*

Kerbl suchte seinen Lieblingskugelschreiber. In der Lade war er nicht, er musste irgendwo am Schreibtisch liegen. Er durchsuchte die Papierstapel und fand einen Zettel, angehängt am Clip seines Kulis. Höfer, stand darauf, und Genossenschaft? Adresse und Telefonnummer? Verdammt, das hatte er ganz vergessen. Es gehörte schnell erledigt, er wollte sich ja nicht nachsagen lassen, dass er auf der faulen Haut lag. Der Major hatte ihm erklärt, dass Hauser ihm anscheinend eine falsche Nummer aufgeschrieben hatte.

Er nahm das Wiener Telefonbuch zur Hand. Es war zwar nicht das Jüngste, aber was machte das schon.

Er notierte die Angaben und rief Höfer an.

»Wissen Sie«, sagte er, als der Major sich meldete, »eigentlich hätten Sie mich damit nicht belästigen müssen. Hab eh so viel zu tun. Wenn Sie in eine Telefonzelle gegangen wären, hätten Sie die Daten selbst gefunden.«

»Gibt es die überhaupt noch?« War Höfer verwundert, oder nahm er ihn auf den Arm? Kerbl war sich diesbezüglich nicht sicher.

»Da ich aber Wert auf unsere Zusammenarbeit lege, hier die Adresse und Telefonnummer. Haben Sie etwas zum Schreiben?«

»Im Augenblick nicht. Schicken Sie es mir über WhatsApp.«

»Was ist denn das?«

»Bitte? Wie alt sind Sie denn? Wenn man ein Smartphone hat, macht man das so.«

»Ich nicht! Und ersparen Sie mir bitte den Ausdruck ›Hinterwäldler‹. Ich muss nicht bei jedem Blödsinn dabei sein. Sind Sie in Ihrem Haus? Dann komme ich später vorbei und bringe Ihnen den Zettel. Dann können wir uns auch gleich austauschen.«

»Geht in Ordnung. Bringen Sie einige Bierflaschen mit, sonst wird das eine trockene Angelegenheit.«

*

Höfer war enttäuscht. Getrieben von seiner Vorstellung, was der Verein tatsächlich mit den Mädchen machte, hatte er das Anwesen am Waldrand nachmittags noch einmal aufgesucht. Er ging nicht hinein, das wäre zu auffällig gewesen, er versuchte, von außen Einblick in das Geschehen zu bekommen. Obwohl er sich durch Sträucher und über umgefallene Baumstämme mühte, sah er nur einige Mädchen im Garten herumhüpfen und eine ältere Frau, die immer mahnend eingriff, wenn es zu wild wurde. Von Burschen, die es seiner Meinung nach geben musste, entdeckte er nichts. Er gab auf. Es war gescheiter, nach Sabo und seinem Freund zu sehen, die Renovierungsarbeiten sollten doch bald abgeschlossen sein.

Als er die gelb gestrichene Fassade sah, staunte er. Darauf hatte er zwar gehofft, aber nicht so schnell damit gerechnet.

»Chefe, du sehen?«, rief Sabomir begeistert. »Wir fertig, Chefe. Du können wohnen, wenn du hast Möbel.«

»Was brauch ich Möbel«, knurrte Höfer. »Hauptsache, der Dreck ist endlich vorbei.«

»Weshalb böse, Chefe?« Sabomir sah gekrängt drein.

»Ich bin nicht böse, Sabo. Hab im Augenblick nur so viel zu tun, dass ich mich nicht freuen kann.«

»Du Arbeit in Pension? Ist nix gut, Chefe.«

»Du vergisst die beiden Toten, Sabo. Aber lassen wir das. Sieht toll aus, Sabo. So, und jetzt führst du mich durch die Räume. Möchte alles genau sehen.«

Sabo begann zu lachen.

»Ich Fremdenführer? Chefe, du doch kein Fremder.«

»Setz deinen Arsch in Bewegung und zeig mir alles«, blaffte Höfer.

Die beiden hatten das wirklich gut hinbekommen. Die Fußböden glänzten frisch, die Wände hatten einen cremefarbenen Glanz und im Wohnzimmer fügte sich der Pfeiler mit der Kaminöffnung und den oberhalb liegenden Regalen so ein, dass man gar nicht bemerkte, dass hier Leichen herausgeholt wurden.

Höfer fand, dass es beinahe schade war, mit den Möbeln aus seiner alten Wohnung alles zu verschandeln. Wohl oder übel musste es aber sein.

»Ein tolle Leistung, Sabo.« Obwohl es ihm widerstrebte, Lob auszusprechen, diesmal war es gerechtfertigt. »Übrigens, morgen gehen wir zu den zwei alten Damen. Du siehst dir dort an, was alles zu machen ist. Ah ja, und ich brauche einen Transporter für die Möbel. Ausborgen, nicht stehlen, verstanden?«

»Was du immer sagen! Ich braver Mann, Chefe.« Sabomir tat vollkommen entrüstet.

»Ich wollte es nur erwähnt haben, Sabo. Das erledigen wir dann am Nachmittag, ich meine die Möbel. Damit ich endlich im eigenen Bett schlafen kann.«

*

Kerbl stand am Abend verwundert vor dem Haus.

Hatte er sich in der Adresse geirrt? Es war nicht wiederzuerkennen. Ehe er anklopfen konnte, wurde die Türe aufgerissen.

»Dass Sie endlich da sind«, schnauzte Höfer.

»Sie haben heute gar nicht Ihr hübsches Maurerkostüm an?«, entgegnete Kerbl mit feiner Klinge.

»Brauch ich nicht. Wir sind fertig, dank meiner Leistung«, erklärte Höfer voll Stolz.

»Bestand Ihre Leistung darin, dass Sie kaum hier waren?« Kerbl musste das sagen, doch er lächelte dazu.

»Was bilden Sie sich ein, Sie Landpolizist«, polterte Höfer, sah Kerbls Lächeln und prustete ebenfalls los. »Sie haben recht, jeder ist für diesen Job nicht geeignet. Meine Helfer waren sicher auch froh, dass ich nicht immer hier herumgestolpert bin. Kommen Sie herein, ich zeige Ihnen alles.«

»Ist schon toll, was man aus einer Ruine machen kann«, sagte Kerbl beeindruckt nach dem Rundgang.

»Na, Gott sei Dank ist es ausgestanden. Morgen bekomme ich die Möbel und dann kann ich hier residieren wie ein Pensionist.«

»Das ist aber nicht Ihre Absicht, oder?«

»Kann ich mir offen gestanden nicht vorstellen. Na, dann gehen wir es an. Wo ist das Bier?«

Kerbl zog zwei kleine Bierdosen aus der Sakkotasche.

»Das ist aber nicht Ihr Ernst, oder?«

»Nur zum Vorkosten. Im Auto habe ich noch einige verstaut. Könnte ja sein, dass es Ihnen nicht schmeckt.«

»Kann nicht sein. Holen Sie es, damit wir endlich mit der Arbeit beginnen können.«

Höfer entschuldigte sich nicht, dass sie am Fußboden sitzen mussten.

Es war etwas Neues für Kerbl. Früher war er öfter mit seinem Freund in einem Beisl gesessen, um bei einem Bier über einen Fall zu diskutieren. Aber man muss sich den Gegebenheiten eben anpassen.

Er berichtete Höfer von seinem Treffen mit dem Kassier und dass dieser Herr Schreiber überhaupt nicht wusste, was im Verein vor sich ging. Ganz glaube er ihm das nicht, meinte er und erwähnte die Blicke des Mannes, die er den jungen Mädchen zugeworfen hatte, die anscheinend bei ihm angestellt waren und genau zu der Altersgruppe gehörten, zu der auch die Mädchen im Verein zählten.

»Es könnte ohne Weiteres sein, dass er sie sich geholt hat, pro forma anstellte, um sich jederzeit mit ihnen vergnügen zu können. Wenn er einer dann überdrüssig wurde, verschwand das Kind und wir entdecken es dann Jahre später auf einem Abfallhaufen.«

»Oder eingemauert«, stellte Höfer fest. »Obwohl«, setzte er nach, »eigentlich kann ich mir nicht vorstellen, dass ein System dahintersteckt. Ich glaube eher, dass ein Ausrutscher hinter den Leichenfunden in meinem Haus steht. Aber das werden wir bald erfahren.«

Er erzählte Kerbl noch einmal von den beiden Damen, die er durch Zufall kennenlernte und wo seine Helfer Renovierungsarbeiten machen würden.

»Das Haus ist meinem sehr ähnlich, hat ebenfalls so einen Pfeiler im Wohnzimmer. Sabo oder sein Mitarbeiter werden erkunden, ob hinter den Ziegeln ebenfalls Leichen liegen.«

»Sie wiederholen sich, Herr Major«, seufzte Kerbl.

»Ich jedenfalls werde mich morgen um diese Genossenschaft kümmern. Hoffentlich weiß man dort, weshalb und wie viele dieser mysteriösen Pfeiler in diversen Häusern stehen.«

Kerbl nickte.

»Und ich werde den Schriftführer des Vereins besuchen. Dem Kassier nach müsste er über alles Bescheid wissen. Ich hoffe nur, dass er keine Erinnerungslücken hat.«

Dann sah er auf seine Uhr.

»Herrje, schon acht? Ich muss gehen. Meine Freundin macht heute einen Schweinsbraten und da darf ich nicht zu spät kommen.«

»Laden Sie mich ein?«

»Ein anderes Mal gerne. Aber Babsi hat nur für zwei gekocht. Wir würden alle hungrig ins Bett fallen.«

»Ich nicht! Ich habe ja keines.«

»Das nächste Mal, Herr Major. Dafür lasse ich Ihnen das Bier da. Der Schlaf kommt damit sicher.«

Kapitel 10

»Das darf doch nicht wahr sein!«

Höfer wusste nicht, wie er seinen Ärger loswerden sollte. Was war das für eine Firma, die nur falsche Telefonnummern herausgab? Wollte man damit seine Ermittlungen behindern? Nach Wien mochte er aber auch nicht fahren. Unter Umständen war ja auch die Adresse ein Fake.

»Eine eigentümliche Art, eine Genossenschaft zu führen«, knurrte er sich selbst an. »Aber mit mir nicht, meine Herren – oder Damen. Ich komm euch auf die Schliche.«

Er überlegte, wie er es anstellen konnte. Dann fiel ihm Max Schilcher ein. Ihn hatte er vor Jahren aus einer prekären Lage befreit. Hoffentlich fand er noch seine Telefonnummer. Der Mann arbeitete bei der Wirtschaftskammer, für ihn musste es leicht sein, die richtigen Daten zu eruieren.

»Den Namen der Genossenschaft brauche ich schon, Herr Major.«

Schilcher war überrascht und eifrig bemüht, sich endlich revanchieren zu können.

»Äh – ›Glück und Heim‹, soweit ich mich erinnere.«

Einige Sekunden herrschte Stille. »Also eine Genossenschaft mit dem Namen gibt es nicht, Herr Major. Könnte es eventuell eine Gesellschaft sein?«

»Möglich! Obwohl immer von einer Genossenschaft die Rede war.«

»Ah, ich hab es. Tatsächlich eine Genossenschaft.« Betretenes

Schweigen folgte. »Tut mir leid, Herr Major, aber die Firma ist vor vielen Jahren pleite gegangen.«

»Können Sie mir sagen, wer für die Firma damals verantwortlich war?«

»Ja, ein gewisser Karolus Hauser. Nach meinen Unterlagen mischt er jetzt im Immobiliengeschäft mit.«

Unkraut vergeht nicht, dachte Höfer, und eine Lüge kommt selten allein.

»Haben Sie vielleicht noch jemanden angeführt?«

»Ein Prokurist steht noch da. Hannes Schreiber. Adresse gibt es keine. Den müssen Sie selbst ausfindig machen.«

»Das habe ich schon. Ich danke Ihnen, Herr Schilcher.«

»Geht es um einen Raub, wenn ich fragen darf?«

»Um Mord.«

»Ah, Sie haben gewechselt?«

»Nein, ich bin ausgeschieden.« Höfer unterbrach die Verbindung. Er musste doch nicht jedem Rede und Antwort stehen.

*

»Es ist Zeit, dass wir zu den alten Damen fahren, Sabo.« Höfer wollte das schnell hinter sich bringen. »Ich hoffe nur, dass sie zu Hause sind.«

Niemand öffnete auf sein Läuten. Wo sich die Weiber bloß herumtreiben, dachte er.

»Fünf Minuten geben wir ihnen«, motzte er und blickte auf seine Uhr. »Sonst holen wir meine Möbel und schauen später noch einmal vorbei.«

Dann sah er sie herankommen, anscheinend in ein heftiges Streitgespräch verwickelt.

Sie waren so darauf konzentriert, dass sie Höfer und Sabo nicht bemerkten.

»Wenn sie mir auf der Straße über den Weg läuft, erkenne ich sie garantiert«, sagte die Frau mit dem grauen Pagenkopf.

»Eine Adresse zu haben, wäre gescheiter«, keifte die Weißhaarige.

»Kann ich Ihnen irgendwie helfen, meine Damen?«, mischte sich Höfer ein und die Frauen schreckten hoch. »Ich bin schließlich Polizist und kenne eine Menge Leute.«

»Ganz bestimmt nicht. Mit Ihnen hat das nichts zu tun.« Höfer glaubte sich zu erinnern, dass sie Heidi hieß.

»Was führt Sie zu uns?«, fragte die andere.

»Oh! Darf ich Ihnen Sabomir vorstellen? Er wird mit einem Kollegen Ihr Haus in Schuss bringen. Wir sind heute hier, damit er sieht, welches Material er braucht.«

»Sie wollen das wirklich für uns tun?«, fragte der Pagenkopf. Hieß sie nicht Gerti?

»Es ist mir ein Bedürfnis«, sagte Höfer artig.

»Na, dann kommen Sie herein.« Gerti strahlte übers ganze Gesicht. »Dafür bekommen Sie wieder einen guten Kuchen. Und du, Heidi, machst inzwischen einen Kaffee.«

»Führen Sie uns inzwischen durch das Haus? Sabo kann sich dann Notizen machen, was er braucht. Du hast doch was zum Schreiben mit, Sabo?«

Sabomir schüttelte den Kopf. »Nix brauchen, Chefe. Notizblock da oben.« Er deutete auf seine Stirn.

»Wenn das nur gutgeht«, murmelte Höfer.

»Oje, Oje«, jammerte Sabo, nachdem sie den Rundgang beendet hatten. »Viel Arbeit, Chefe. Aber können machen.«

»Das ist doch gut, Sabo«, meinte Höfer. »So, jetzt trinken wir schnell einen Kaffee und dann nichts wie los zum Möbellager.«

»Kuchen?«, fragte Gerti.

Höfer lehnte ab.

»Vielen Dank, Gnädigste, aber ich halte gerade Diät.«

»Ich bitte Sie, so ein großer starker Mann braucht doch keine Diät halten. Da fallen Sie ja vom Fleisch. Ein Stück, ja?«

»Aber nur ein ganz kleines. Meine Galle, verstehen Sie?«

»Och, Sie Armer. Ich kenne das.«

Sabo hingegen biss kräftig ab.

»Gut!«, mampfte er. »Noch ein Stück?«

Na, die Geschmäcker sind halt doch sehr verschieden, dachte Höfer.

Als sie wieder auf der Straße standen, hielt Sabo ihn mit der Hand zurück.

»Chefe, ich gute Idee. Wenn hier fertig, ich machen auf Baufirma. Dann ich werden reich. Was du sagen?«

Höfer blieb stumm.

*

Kerbl stand vor dem Haus von Roland Stockl. Er hoffte, dass der Mann zu Hause war. Das Telefon hatte einen Dauerton von sich gegeben, entweder war es abgemeldet, oder die Nummer stimmte nicht. Nach längerem Läuten öffnete sich endlich die Türe. Ein alter Mann sah misstrauisch heraus.

»Was wollen Sie?«

Kerbl stellte sich vor und zeigte seinen Ausweis.

»Den muss ich mir näher ansehen«, sagte der Mann und humpelte auf einen Stock gestützt zum Gartentor.

»Was will denn die Polizei von mir? Eine Gesetzesübertretung kann ich nicht begangen haben. Komm ja kaum aus dem Haus.«

»Deswegen bin ich auch nicht hier. Ich habe einige Fragen bezüglich des Vereins Ikaras. Sie sind der Einzige, der genauer darüber Bescheid weiß. Alle anderen, die ich bereits befragt habe, haben angeblich von internen Angelegenheiten keine Ahnung.«

»Aha! Und ich soll etwas wissen?«

»Als Schriftführer müssen Sie das.«

»Und wenn ich sage, dass ich keine Ahnung habe?«

»Dann muss ich Sie auf die Polizeiinspektion vorladen. Aber glauben Sie nicht, dass Sie mit einem Auto abgeholt werden. Da müssen Sie schon selbst hinkommen. Tun Sie das nicht, setzt es Arrest.«

Kerbl trug ein bisschen dick auf, er wollte endlich Licht in die Sache bringen, die vor fünf oder sechs Jahren geschehen war.

»Na, dann kommen Sie. Das Stehen ist für meine Beine nicht gut.« Der Mann humpelte ihm voran. Kerbl fiel erst jetzt auf, dass Herr Stockl gar nicht so alt war, wie er schien. Die tiefen Furchen im Gesicht waren keine Falten, sondern deuteten auf Verletzungen hin.

Als sie ins Wohnzimmer kamen, erlebte er eine Überraschung. Der völlig unmotiviert im Raum stehende Pfeiler – wie bei Major Höfer. Er sprach Stockl darauf an.

»Das mag schon sein. Wissen Sie, nachdem Herr Hauser die Liegenschaft am Waldrand erworben hatte, waren die Häuser frei und ich schlug zu. Der Preis war günstig und Herr Hauser half mir noch, die kleinen Schäden, die durch die Jugendlichen entstanden waren, zu reparieren.«

»Haben Sie eine Ahnung, wer für diese monströsen Säulen verantwortlich war?«

Stockl lachte.

»Das kann ich Ihnen sogar genau erzählen. Ich arbeitete vor meinem Unfall bei der Genossenschaft ›Glück und Heim‹ und als die Häuser spruchreif wurden, bildete sich der Architekt ein, mit englischer Landhausarchitektur eine erlesenere Kundschaft anzulocken. Also plante er einen offenen Kamin. Dummerweise vergaß er aber dabei auf den Rauchfang. Als man draufkam, war schon fast alles fertig und so mauerte man den Kamin einfach zu. Originell, was?«

»Zumindest ist es eine Erklärung.«

Ihm fiel Höfers Haus ein und dessen katastrophaler Zustand.

»Wann wurden diese Häuser denn gebaut?«

»Etwa vor zehn Jahren.«

»Na, da hat sich der Baumeister aber eine goldene Nase verdient. Ich kenne eines, das war derart heruntergekommen, man musste von hinten nach vorne, von oben nach unten alles erneuern. Normal altern Häuser doch nicht so rasch.«

»Es kommt darauf an, wie lange sie leer stehen. Als wir vor zirka sechs Jahren auszogen, waren die Häuser kaum zu verkaufen, weshalb auch immer. Es gelang nur Schritt für Schritt, sie loszuwerden und ich glaube, einige sind immer noch nicht verkauft. Wenn dann irgendein Schaden auftritt, das Dach undicht wird, kann das natürlich ruinös werden.«

Kerbl überlegte, ob er den Mann nun mit den Leichenfunden konfrontieren sollte.

Er beschloss, es auf später zu verschieben.

»Welches Personal haben Sie denn für die Betreuung der Jugendlichen?«

»Erzieherinnen, Lehrerinnen, Fachkräfte für diverse Berufe. Aber ausschließlich Frauen.« Stockl hielt kurz inne. »Stimmt! Kurzfristig hatten wir einmal auch männliche Kräfte, doch das hat sich nicht bewährt.«

»Wann war denn das?«

»Ich denke vor zirka fünf, sechs Jahren. Aber es brachte nur Unruhe in das Tagesgeschehen. Sie wissen ja, wie sich Mädchen verhalten, wenn sie in der Pubertät stecken.«

Kerbl wusste es nicht, nickte aber zustimmend.

»Waren die Männer Tag und Nacht für die Mädchen zuständig?«

»Wo denken Sie hin. Es waren ausschließlich Lehrer für verschiedene Berufe. Jedenfalls kam es zu genug Eifersüchteleien und Zickenkriegen, sodass wir dieses Experiment abbrachen. Weshalb fragen Sie?«

Kerbl war gespannt auf die Reaktion, die sein nächster Satz bei Stockl auslöste.

»Wir fanden in einem dieser ehemaligen Genossenschaftshäuser zwei Mädchenleichen, eingemauert in einen solchen Pfeiler.« Er deutete demonstrativ hin. »Das Schlimme daran ist, dass sie noch lebten, als man die Mauer wieder zukleisterte.«

Stockl erbleichte, seine Augen zuckten und die Hände zitterten.

»Glauben Sie …«, krächzte er, »glauben Sie, dass auch in diesem Pfeiler Leichen sind?« Er schlug die Hände vors Gesicht, dann atmete er tief durch. »Diese Maurer!«, rief er. »Es muss damals geschehen sein, als die Kaminöffnungen zugemauert wurden. Ich habe mich oft genug bei der Baufirma beschwert, in welch unflätigem Ton sich dieses Gesindel über Huren und – entschuldigen Sie den Ausdruck – Schnackseln unterhalten hat. Die waren das sicher!«, bekräftigte er.

»Ein interessanter Aspekt«, sagte Kerbl. »Aber ich glaube, dass es sich eher um Mädchen aus Ihrer Institution handelt.«

»Wie wollen Sie das denn feststellen?«, erregte sich Stockl.

»Ich überhaupt nicht«, stellte Kerbl fest. »Aber unser Pathologe hat das diagnostiziert. Sechzehn bis siebzehn Jahre alte Mädchen. Ich habe in unserem Archiv nachgesehen, Ihr Verein hat zu dem Zeitpunkt einige Mädchen als vermisst gemeldet.«

»Ich erinnere mich«, sagte Stockl nachdenklich. »Aber die meisten sind wieder aufgetaucht.«

»Einige jedoch anscheinend erst jetzt. Was meinen Sie, Herr Stockl, sollen wir Ihren Pfeiler untersuchen?«

»Nein!«, schrie er. »Ich beherberge keine Leichen. Ich glaube, Sie sollten jetzt gehen.«

»Nun gut, Herr Stockl. Wenn ich noch weitere Fragen habe, bitte ich Sie, sich zu meiner Verfügung zu halten. Ich hoffe, ich habe Ihnen nicht den Tag verdorben.«

So schnell wirst du mich nicht los, dachte Kerbl, als er zum Gartentor ging.

*

»Heute ist ein Festtag, Uschi«, sagte Höfer, als er sich auf den Hocker setzte. »Deswegen nehme ich ein großes Bier.«

»So? Hast du wieder einen Ganoven oder eine deiner Dirnen verhaftet?«

»Hör doch bitte auf. Willst du mir diesen Jubeltag verderben?«

»Ich meine ja nur.« Sie zuckte mit ihren Achseln. »Also sag schon, was gibt es zu feiern?«

»Du willst es ja eh nicht wissen.« Höfer schwieg kurz. »Eigentlich wollte ich dich heute in mein Haus einladen.«

»Brauchst du eine Putzfrau? Oder willst du, dass wir uns am nackten Boden herumwälzen?« Sie lachte auf. »Dafür fühle ich mich offen gestanden zu alt. Da musst du schon eine deiner Damen …«

»Ich bin seit heute eingerichtet.« Er wurde laut. »Mit Sitzgarnitur und Bett. Die Matratze ist zwar schon ein wenig durchgelegen, aber deine ist auch nicht besser. Bekomme immer Kreuzschmerzen.«

»Bis jetzt hat dich das aber nie abgehalten.« Ein Lächeln zog über ihr Gesicht. »Du willst also eine Vor-Vor-Einweihungsparty abhalten? Dann komme ich gerne, bring auch etwas zu trinken mit.«

»Ich hole dich hier ab. Eine spezielle Garderobe brauchst du ja nicht.«

Uschi begann laut zu lachen.

»Doch! Einen eisernen Gürtel für meine Jungfräulichkeit.«

Kapitel 11

Mit einem Schrei fuhr Gerti hoch.

Sabomir und sein Helfer renovierten die Zimmer einzeln und gerade jetzt war ihr Schlafgemach an der Reihe. Sie musste bei Heidi übernachten. Diese brummte unwillig und tastete zur Nachttischlampe.

»Was ist denn los? Hast du Alpträume?«, nuschelte sie und gähnte.

»Nein! So ein Blödsinn«, sagte Gerti. »Ich bin so dumm, eigentlich sollte man mich in eine Kiste schmeißen und eingraben. Wie kann man nur so vergesslich sein?«

»Erinnerst du dich nicht mehr an das Kuchenrezept? Das macht nichts, so gut ist der auch nicht«, murmelte Heidi.

»Rede keinen Unsinn, den Männern schmeckt er. Du erinnerst dich doch an die Frau, die wir gesucht haben, da sie Erzieherin bei diesen Mädchen war. Ich konnte nicht einschlafen – du schnarchst nämlich fürchterlich, Heidi – und da dachte ich wieder an diese Frau und dann, wie ein Blitz fiel es mir ein, wir brauchen sie nicht suchen, sie wohnt drei Häuser neben unserem. Wie ich das nur vergessen konnte? Mein Hirn braucht unbedingt eine Reparatur.«

»Gerti, wir sind doch beide nicht mehr die Jüngsten, da kann manchmal schon etwas verloren gehen. Hauptsache, dass es dir wieder eingefallen ist. Gleich morgen werden wir sie besuchen. Und nun schlafe endlich, die Nacht ist kurz.«

Diese Aufforderung hörte Gerti nicht mehr.

Heidi vernahm nur Sägen und Blubbern. Sie wälzte sich im Bett herum. Wer konnte bei so einem Wirbel schon einschlummern?

*

Höfer parkte das Auto vor dem Haus. Er hatte im Supermarkt noch einige Knabberartikel gekauft und wollte für den Abend alles herrichten. Uschi sollte es in seinem Haus so angenehm wie möglich haben.

Als er zur Eingangstüre schritt, fühlte er sich beobachtet. Ein unangenehmes Kitzeln zwischen den Schulterblättern machte sich breit. Rasch drehte er sich um – nichts! Keine Menschenseele befand sich auf der Gasse.

Doch die Unruhe blieb, auch als er ins Haus ging. Er stellte die Einkäufe ab und schlich zum Fenster.

Nichts regte sich, die Gasse war verlassen. Doch, da! Blitzte nicht am gegenüberliegenden Grundstück etwas auf? Ein Kopf schob sich aus dem Gebüsch – Glatze, kugelrunde Augen starrten herüber. War das nicht der dement wirkende Gast, der immer bei Uschi saß?

Höfer lief aus dem Haus und über die Gasse.

»Otto!«, rief er, »brauchst dich nicht zu verstecken. Komm, ich lade dich ein.«

Doch außer Blätterrascheln war nichts zu hören.

Eigenartig, dachte er, was hat es mit dem Mann auf sich? Er musste Uschi fragen. Vielleicht wusste sie Näheres über ihn. Aber heute Abend nicht. Das würde die ganze Stimmung verderben.

*

Chefinspektor Plesser rief Kerbl zum Rapport.

»Wie sieht es aus, Kerbl, kommen Sie voran bei Ihrem Fall?«

Der seufzte.

»Nein! Niemand weiß etwas, oder besser, keiner sagt zumindest was. Alle, die ich befragt habe, also der Chef des Vereins, dieser Hauser, der Kassier Schreiber und der Schriftführer Stockl sind darüber sehr ungehalten und finden sogar meine Fragen deplatziert.«

»Haben Sie die Morde erwähnt? Meist verhalten sich die Menschen dann kooperativer.«

»Wenn sie nichts zu verbergen haben. Der Schriftführer Stockl meint, dass die Mörder unter den Maurern, die bei der Errichtung der Häuser beschäftigt waren, zu finden seien. Der Kassier Schreiber wieder hat vom Vereinsgeschehen keine Ahnung und Hauser sieht die Schuld bei der Genossenschaft, die für Bau und Verkauf zuständig war. Dabei erzählte mir der Maj…«, Kerbl schwieg abrupt und starrte betreten auf seine Beine.

»Mischt sich Höfer also doch ein? Ich hätte es mir denken können. Aber dass Sie dabei mitmachen, Kerbl, enttäuscht mich schon«, rief Plesser und schlug auf den Tisch.

»Tut mir leid, Chef«, murmelte Kerbl. »Aber er ließ sich nicht davon abhalten. Ich dachte mir, wenn er schon ermittelt, dann sollte das unter meiner Leitung sein, um möglichen Schaden zu verhindern. Ich ließ ihn also einige Befragungen durchführen.«

»Aber er hat doch von Mord keine Ahnung«, warf Plesser ein.

»Das spielt keine Rolle. Er hat jedenfalls herausgefunden, dass Hauser, der die Schuld auf die Genossenschaft schiebt, dort der Chef war, ehe sie Pleite anmeldete. Der Mann hat also auf jeden Fall Dreck am Stecken. Inwieweit er bei den Morden drinnen steckt, kann ich natürlich noch nicht sagen.«

»Na gut, dann arbeiten Sie weiter mit ihm zusammen. Aber Vorsicht, dass er keinen Unsinn treibt, Kerbl. Etwas anderes, hat Doktor Piker neue Erkenntnisse von den Mumien?«

»Gemeldet hat er sich nicht. Aber ich werde demnächst bei ihm vorbeischauen.«

»Besser, Sie machen das so schnell wie möglich. Wäre doch dumm, wenn er etwas herausgefunden hat, was uns weiterhelfen kann und wir im Dunkeln tappen.«

*

»Wie heißt sie?« Heidi blickte angestrengt auf das Türschild. »Stranzinger!«, buchstabierte sie. »Ein eigenartiger Name.«

»Läute endlich!«, drängte Gerti. »Wir wollen hier doch nicht Wurzeln schlagen.«

Kaum hatte sie den Klingelknopf betätigt, wurde die Türe aufgerissen. Heraus kam eine stattliche Frau in einem hellblauen Mantel. Ihre Haare bedeckte ein grauer Hut mit Feder, die lustig auf und ab wippte. Sie zog einen Einkaufswagen hinter sich her.

»Ja bitte?« Die Stimme war dunkel und laut.

»Rede du bitte«, flüsterte Heidi und stieß ihren Ellbogen in Gertis Seite.

»Frau Strinzinger, wir hätten einige Fragen an Sie. Können wir Sie kurz sprechen?«

»Stranzinger!«, brummte die Dame. »Ein A ist doch bei Gott volltönender als ein kreischendes I. Egal, was es ist, jetzt habe ich keine Zeit.«

»Sie haben doch bei diesem Verein, der arme Mädchen betreut, gearbeitet. Darüber wollten wir reden, denn wir glauben, dass dort nicht alles mit rechten Dingen zugeht«, ignorierte Gerti den Einwand.

Frau Stranzinger stieß ein hohles Lachen aus.

»Was glauben Sie, weshalb ich von dort weggegangen bin? Aber trotzdem, jetzt habe ich keine Zeit. Muss einkaufen gehen, sonst verfallen meine Prozente-Kleber. Kommen Sie am Nachmittag wieder, dann warte ich Ihnen sogar einen Kaffee auf. Mehlspeise können Sie mitbringen. Ich komme nie zum Backen.«

Mit diesen Worten rauschte sie an ihnen vorbei.

»Diese Frau kann einem Angst machen«, flüsterte Heidi. »Ob die für die Erziehung von Mädchen die Richtige ist?«

»Wer weiß das schon. Vielleicht brauchen die Kinder heutzutage eine harte Hand. Mich jedenfalls hätte ihr Getue nur zu noch mehr Widerstand gebracht.«

Gerti, eine Rebellin? Heidi hoffte, dass sie das im Alter abgelegt hatte.

*

»Was führt dich denn zu mir?« Doktor Piker tat verwundert.

»Ich wollte sehen, ob du noch unter den Lebenden weilst«, lächelte Kerbl.

»In alter Pracht und Herrlichkeit.« Piker drehte sich einmal um die eigene Achse.

Hatte er nicht ein kleines Bäuchlein angesetzt? Kerbl kam es so vor.

»Was macht dein Triathlon?«

»Im Augenblick ist er auf Eis gelegt.«

»Warum denn, in aller Welt?«

»Mein Arzt hat es mir empfohlen. Die Werte seien im Moment nicht dazu geeignet, in Jubelstürme auszubrechen. Er meinte, dass ich zur Abwechslung andere Seiten des Lebens auskosten sollte. Ich frage mich nur, welche? Nun sitze ich hier in meinem kühlen Kämmerchen und langweile mich. Ich glaube, ich wechsle den Arzt.«

»Wenn dir so fad ist, hättest du dich doch mit den Mumien beschäftigen können.«

»Habe ich doch, mein Lieber. Sogar einen Archäologen hab ich versucht dazu zu bringen, sie sich anzusehen. Er verweigerte es. Wenn sie nicht einige tausend Jahre alt seien, fielen sie nicht in seinen Zuständigkeitsbereich.«

»Das heißt also, du hast nichts, was mir weiterhelfen könnte.«

»Glaube mir, ich habe mich wirklich in die Sache hineingekniet. Den Todeszeitpunkt habe ich dir ja schon gesagt, vor fünf bis sechs Jahren. Näher kann ich ihn nicht eingrenzen. Ach ja – ich fand einige Anhaltspunkte, die darauf hindeuten, dass beide Mädchen mehrfach vergewaltigt wurden. Aber das hast du dir sicher bereits gedacht. Das Problem ist nur, dass durch die Mumifizierung die Beweislage nicht eindeutig ist.«

»Na prima! Ich sehe schon, dass wir den Fall ungelöst zu den Akten legen können. Ich habe zwar einige Verdächtige, aber einen Beleg für ihre Schuld zu finden, ist nach so langer Zeit kaum möglich.«

»Schreibe einen Brief ans Christkind. Vielleicht hilft es?«

»Deine Vorschläge waren auch schon einmal besser. Vielen Dank, Doktor.«

Kerbl war verärgert. Er hatte sich mehr von diesem Besuch erwartet. Als er wieder auf der Straße stand, fiel ihm ein, dass dieses Gespräch mit Piker doch nicht ganz unnütz war. Mehrfache Vergewaltigung der Mädchen – so etwas machte man nicht, wenn eine ganze Schar in einem Haus wohnt. Höfer hatte doch Nachbarn. Die musste er befragen. Möglich, dass sich einer an die Anzahl der Mädchen erinnern konnte und wer sich sonst noch im Haus herumtrieb.

*

Höfer war unentschlossen. Sollte er noch einmal diesen Hauser in Wien aufsuchen? Viel versprach er sich nicht davon. Sollte er noch einmal zu dem Haus am Waldrand gehen? Das letzte Mal hatte zwar außer Langweile nichts gebracht, aber irgendetwas ging dort sicher vor. Ihm fielen die beiden jungen Frauen ein, die in der Küche werkten. So wie sie sich damals verhielten, als Kerbl überraschend auftauchte, wussten sie sicher mehr über die Geschehnisse in dem Haus. Er setzte sich ins Auto.

Angekommen bei dem großen Bau konnte er es sich nicht verkneifen, durch ein Fenster in die Küche zu sehen. Die beiden jungen Frauen putzten wieder ihr Geschirr, sie schienen sich aber gleichzeitig mit jemandem zu unterhalten. Sollte er frech hineingehen? Er beschloss, zu einem anderen Fenster zu wechseln. Ihn interessierte, mit wem die Frauen redeten. Möglicherweise konnte er dann an der offenen Türe lauschen, worüber gesprochen wurde.

Was machten diese zwei alten Weiber da? Wie hießen sie gleich? Heidi und Gerti? Sollten die nicht in ihrem Haus auf den Baufortschritt achten?

Kurzentschlossen ging Höfer in die Küche und tat überrascht, die Damen zu sehen.

»Was machen denn Sie da?«, sagte er überfreundlich. »Arbeiten Sie auch bei diesem Verein?«

»Aber wo. Wir machten einen Spaziergang und kamen zufällig hier vorbei«, erklärte Gerti. Heidi sah man an, dass ihr diese Begegnung unangenehm war. »Und was machen Sie als Polizist hier?«, fragte Gerti.

»Routinekontrolle!«, behauptete Höfer. »Ich sehe nach, ob die Töpfe und Pfannen den Vorschriften gemäß gereinigt werden.«

Die jungen Frauen lachten.

»Ist dafür nicht die Lebensmittelbehörde zuständig?«, fragte die Blonde.

»Ein Scherz!«, sagte Höfer. »Nein. Ich war im Wald spazieren und als ich hier vorbeikam, faszinierte mich der Essensgeruch so sehr, dass ich eintreten musste.«

»Das haben Sie schon das letzte Mal behauptet und es hat nicht gestimmt«, sagte die Blonde. »Herr Hauser ist nicht da. Sie sind umsonst gekommen.«

»Und Sie, meine Damen? Worüber haben Sie sich unterhalten?«, versuchte Höfer abzulenken.

»Die Damen haben eine Freundin, die früher hier als Erzieherin gearbeitet hat«, erklärte die Blonde.

»Ja, eine liebe Freundin und sehr nett«, mischte sich Gerti ein.

»Also als nett würde ich sie nicht bezeichnen«, sagte die Blonde. »Streng trifft es eher.«

»Diese Dame würde ich gerne kennenlernen«, meinte Höfer.

»Wir treffen sie in einer Stunde«, platzte Heidi heraus. »Aber ich glaube nicht, dass es ihr gefiel, wenn Sie mitkämen.«

*

Kerbl hatte sich entschlossen, Hauser in seinem Büro aufzusuchen. Nachdem er von Höfer wusste, dass er verschwiegen hatte, auch der Chef der Baugenossenschaft gewesen zu sein, wollte er ihn damit konfrontieren.

»Was kann ich für Sie tun?«, sagte die Frau am Empfangspult mit rauchiger Stimme.

»Ihre Stimme kommt mir bekannt vor«, sagte er überrascht. »Haben wir nicht schon einmal miteinander telefoniert? Polizei.« Er hielt ihr seinen Ausweis vor die Nase.

»Ah! Sie sind der nette Polizist. Schön, Sie in Natura kennenzulernen. Sie wollen sicher zu Herrn Hauser.«

Kerbl nickte.

»Leider ist der Chef heute außer Haus. Sie haben sich umsonst herbemüht. Na, zumindest nicht ganz, denn jetzt kennen Sie nicht nur meine Stimme.«

Sie beugte sich vor, um ihm einen Blick in ihr Dekolleté zu gewähren.

»Darf ich Ihnen einen Kaffee anbieten?«

»Gerne.«

»Milch?«

»Nein, danke.«

»Zucker?«

»Nein, danke.«

»Können Sie auch Ja sagen?«

»Natürlich!«

»Gehen Sie mit mir aus?« Sie legte ihre Hand auf seine. Kerbl zuckte zurück.

»Liebe Frau, ich bin verheiratet, also fast.«

»Das stört mich nicht. Es könnte ja sein, dass ich Sie mit unserem Treffen vor einem Fehler rette.« Sie versuchte, wieder seine Hand zu ergreifen. Kerbl steckte sie rasch in seine Tasche.

»Sie sind eine bezaubernde Frau, aber glauben Sie mir, ich bin nicht der Richtige für Sie.« Er blickte auf seine Uhr. »Ich muss! Habe noch ein Treffen mit meinem Chef. Den darf ich nicht warten lassen. Grüß Gott!«

Er lief mehr, als er ging. Die allzu offene Art der Frau war ihm unangenehm. Hoffentlich kam gleich der Aufzug.

»Die Hoffnung stirbt zuletzt, mein Lieber«, hörte er noch, ehe sich die Türe schloss.

Im Erdgeschoß angekommen, suchte er seinen Autoschlüssel. Er fand ihn nicht. Hatte er ihn bei seinem fluchtartigen Verlassen des Büros auf der Theke der Empfangsdame liegen gelassen? Er musste noch einmal hinauf, was ihm sehr unangenehm war. Oben angekommen, öffnete sich die Aufzugstüre und ehe er noch hinaustreten konnte, hörte er die Stimme Hausers, der ja angeblich nicht hier war.

»Danke, Rita, dass du mich vor dem Bullen gerettet hast. Du hast was gut bei mir.«

»Mach ich doch gerne, Opa«, meinte die Empfangsdame. »Damit kann ich dir ein wenig von dem zurückgeben, was du für mich getan hast. Also, dieser Bulle, wie du ihn nennst, ist viel zu nett für einen Polizisten. Er sollte den Beruf wechseln. Vielleicht in die Baubranche? Nein, dazu ist er zu anständig. Taxifahrer wäre möglich. Ich weiß nicht.«

»Lass die Finger von ihm, Rita, da kommt nichts Gutes dabei heraus.«

»Hin und wieder brauche ich aber einen Mann, Opa.«

»Such dir einen anderen. Laufen ja genug herum«, meinte Hauser und dann hörte Kerbl, wie eine Türe geschlossen wurde. Kerbl wappnete sich und ging entschlossen zu Frau Rita.

»Hab meinen Autoschlüssel liegen gelassen«, sagte er und sah sie dabei nicht an. »Ah! Da ist er ja.«

Etwas musste er aber trotzdem loswerden. Er fixierte die Frau.

»Also, Herr Hauser ist heute nicht zugegen?«

»Nein, lieber Herr, aber ich könnte …«

Mehr hörte Kerbl nicht. Er stand schon wieder beim Aufzug.

*

Höfer begleitete Heidi und Gerti bis zum Haus von Frau Stranzinger und bat sie, ihm von ihrer Unterhaltung zu berichten.

Was interessierte einen Mann wie ihn an einer Erzieherin, fragte sich Heidi. Dann fiel ihr das Gespräch mit dem Nachbarn von Höfer ein. Polizei und Leichenwagen vor seinem Haus. Der Zeitungsartikel über zwei mumifizierte Leichen stand plötzlich vor ihren Augen. Gab es da etwa einen Zusammenhang?

Als geschulte Krimileserin fand sie, dass zu viele Zufälle zusammenkamen.

Klar wollte er deswegen wissen, wie das Leben der Mädchen ablief.

Heidi beschloss, so viel wie möglich von der Erzieherin herauszubekommen. Vor allem, wie es um Männerbesuche stand. Ein Gespräch von Frau zu Frau war da sicher dienlicher, als wenn ein Mann wie Höfer fragte.

»Ah, da sind Sie ja, fast pünktlich«, schnarrte Frau Stranzinger.

»Wir haben uns bemüht«, sagte Gerti. »Aber Sie wissen ja, alte Frauen mit ihren Beinen können nicht mehr auf die Sekunde pünktlich sein.«

»Genau das sollte man aber einkalkulieren«, murrte die Erzieherin. »Also, kommen Sie herein.«

Sie wurden in ein sauberes, nettes Wohnzimmer geführt.

»Haben Sie das Haus auch von Herrn Hauser gekauft?« Heidi vermisste den voluminösen Pfeiler.

»Nein. Ist seit Jahrzehnten in Familienbesitz. Hat mein Großvater mühselig erbaut. Weshalb fragen Sie?«

»Bei uns waren früher Mädchen des Vereins untergebracht. Meine Freundin Gerti hat es dann erworben. Von Herrn Hauser. Aber an das Wohnzimmer musste man sich erst gewöhnen.«

Frau Stranzinger sah sie stirnrunzelnd an, dann verstand sie.

»Sie meinen diesen scheußlichen Ziegelpfeiler?«

»Ja. Wem das eingefallen ist, der muss nicht ganz bei Trost gewesen sein.«

»Solche Idioten sollten stundenlang in der Ecke auf Holzscheitern knien müssen«, brummte die Erzieherin.

»Wahrscheinlich gewöhnt man sich daran – irgendwann«, meinte Heidi.

»So, meine Damen!« Frau Stranzinger schlug auf den Tisch. »Der Kaffee ist fertig, wo ist Ihr Kuchen?«

Verdammt! Den hatten sie vergessen.

»Oh!« Gerti schlug sich auf den Mund. »Der ist verbrannt. Der Postbote hat mich aufgehalten und als ich in die Küche zurückkam, stieg schon der Qualm aus dem Herd. Für einen neuen war es dann zu spät.«

»Machen Sie Gedächtnisübungen für die Konzentration. Aber egal, Kuchen ist sowieso ungesund. Also, was wollen Sie denn von mir wissen?«

»Uns interessiert vor allem, wie es bei der Erziehung der Mädchen zuging«, begann Heidi.

»Jetzt erzählen Sie aber nicht, dass Sie sich für diesen Posten bewerben wollen«, rief Frau Stranzinger.

»Ich bitte Sie, in unserem Alter?«, lachte Gerti. »Wir haben nur allgemeines Interesse. Es muss doch ziemlich schwer gewesen sein mit den Kindern.«

»Das kann man wohl sagen. Stellen Sie sich die Mädchen vor. Ausgerissen, da Schule oder Eltern zu streng waren. Die auf den richtigen Weg zu führen, war Schwerstarbeit. Da half wieder nur Härte, also zumindest ich sah das so.«

»Gab es eigentlich auch männliche Erzieher? Sozusagen als Vaterersatz?«, wollte Heidi wissen.

»Ha! Um das Schlamassel noch zu vergrößern? Pubertierende Kinder und Männer? Kein Einziger kam mir ins Haus. Aber Sie haben recht, kurzfristig wurden einige angestellt. Zum Glück kamen die hohen Vereinsherren bald drauf, dass diese Aktion nur Unruhe brachte.«

»Männer hatten also keinen Zutritt?«, fragte Gerti.

»Nein! Wieso fragen Sie?«

»Sie haben es sicher auch in der Zeitung gelesen – man fand zwei Leichen in einem der Häuser.« Obwohl es Heidi nur vermutete, stellte sie es als gegeben dar.

»Ich lese keine Schmierblätter. Da haben sich die Journalisten wieder etwas zusammengedichtet. Es stimmt zwar, dass hin und wieder Mädchen ausrissen, aber die meisten kehrten bald darauf zurück. Tote Mädchen – so ein Schwachsinn!«

*

»Na, Sabo, wie kommt ihr voran?« Höfer stand im Haus von Gerti und Heidi und blickte sich neugierig um.

»Chefe, viel Arbeit, mehr als bei dir. Aber wir schnell und fleißig. Nur ein Problema – die alten Frauen. Eine sagen machen dies, andere machen das, nicht dies. Du besserer Chefe gewesen.«

»Sag, Sabo, habt ihr euch schon den Pfeiler angesehen? Ich will endlich wissen, ob auch Mumien drinnen stecken.«

»Na, Chefe!« Sabomir streckte abwehrend die Arme aus. »Will nix Geister sehen. Schlecht für mich und Seele!«

»Was du immer mit deinen Geistern hast«, brummte Höfer. »Wo ist denn dein Kollege, der ist nicht so zart besaitet wie du.«

»Machen oben Putz«, antwortete Sabo. »Miro! Du kommen.«

Der Gerufene erschien auf der Treppe. »Was wollen?«

»Komm runter und bring Fäustel und Meißel mit«, rief Höfer. »Ich hab einen Spezialauftrag für dich.«

»Fürchtest du dich vor Toten?«, fragte er, als Miro vor ihm stand.

»Na! Sind tot, können nix tun.«

»Genau! Wir machen jetzt ein Loch da in den Pfeiler und sehen nach, ob jemand drinnen liegt. In Ordnung, Miro?«

»Wie du wollen, Chefe. Ist aber feste Mauer, kein Platz für Toten. Du sehen höchstens Geist.«

»Jetzt fang nicht auch du noch mit Geistern an. Spinnt ihr alle? Komm, fang an, wirst sehen, ist nicht feste Mauer.«

Innerhalb kurzer Zeit war ein Ziegel entfernt, der nächste folgte, das Loch wurde größer.

»Haben wir eine Taschenlampe?« Höfer sah sich suchend um.

»Na. Nix haben.« Miro arbeitete angestrengt, um die Öffnung zu vergrößern.

Endlich konnte Höfer Kopf und Hand hineinstecken. Zum Sehen war es zu dunkel, aber er ertastete nur Schutt.

»Was machen Sie denn da?«, ertönte plötzlich eine Stimme hinter ihm.

Verdammt! Wieso waren die Weiber schon hier?

»Wollen Sie den Pfeiler wegreißen? Wir haben uns schon so an ihn gewöhnt.«

Höfer zog seinen Kopf aus dem Loch und schrammte dabei einen Ziegel. Hoffentlich blute ich nicht, war sein erster Gedanke.

»Ich wollte Ihnen eine Freude machen«, begann er und hielt sich seine Schläfe. »Ein offener Kamin wäre doch schön in Ihrem Wohnzimmer.«

»Und deswegen stecken Sie Ihren Kopf da hinein?« Es war Heidi, die fragte.

»Ich wollte sehen, ob ein Kamin übers Dach geht.« Es war eine lahme Erklärung, hoffentlich glaubten sie ihm.

»Und, gibt es einen?«, fragte Gerti.

»Leider nein.«

»Siehst du?«, wandte sich Gerti zu Heidi. »Die Intelligenz

der Männer ist zum Verzweifeln. Bevor sie draußen nachsehen, zerstören sie lieber zuerst alles drinnen.«

»Nix Tote drinnen, Chefe?«, fragte Miro zum unrechten Zeitpunkt.

»Tote?«, schrie Heidi auf.

»Nein, nein, ein dummer Scherz von Miro. Er erzählte vorhin, dass sich manchmal auf Baustellen Ratten in Löchern verstecken und wenn die zugemauert werden, sterben sie natürlich.«

»Ratten in meinem Haus?«, rief Gerti. »Ich sag es dir ja schon lange, Heidi, wir müssen Giftköder auslegen wegen der Viecher. Stell dir vor, du wachst auf und vor dir sitzt auf der Bettdecke eine Ratte. Was würdest du dann sagen, ha?«

»Es gibt keine Ratten in Ihrem Haus, Gnädigste. Seien Sie versichert, Sabo und Miro haben das kontrolliert.« Höfers Ablenkungsmanöver schien etwas aus dem Ruder gelaufen zu sein.

»Meine Damen«, versuchte er das Thema zu wechseln. »Sollen wir das Loch wieder zumauern, oder denken sie vielleicht doch an einen offenen Kamin? Es gibt welche mit Elektroanschluss, die einem offenen Feuer täuschend ähnlich sehen.«

»Strom? Kommt nicht in Frage. Viel zu teuer. Machen Sie das Loch wieder zu«, sagte Gerti bestimmt.

»Es wäre aber schon sehr schön«, meldete sich Heidi sehnsuchtsvoll.

»Nein! Ich schmeiße den Elektrizitätswerken doch nicht mein Geld nach. Denk daran, was uns die Renovierung kosten wird.«

Kapitel 12

Höfer war froh, wieder auf der Gasse zu sein. Miro hatte er angewiesen, sich mit einer Taschenlampe zu vergewissern, dass wirklich nichts in dem Hohlraum lag, ehe er ihn zumauerte. Natürlich nur dann, wenn die Frauen nicht im Zimmer waren.

Seine Theorie, dass der Fund in seinem Haus keine Mordserie, sondern ein Einzelverbrechen war, schien sich zu bestätigen.

Weshalb aber die beiden Mädchen sterben mussten, lag völlig im Dunkeln.

Er musste sich mit Kerbl besprechen, vielleicht hatte der ein neues Indiz. Natürlich sollte er ihn auch davon unterrichten, dass aller Voraussicht nach bei den Damen keine weiteren Leichen gefunden wurden. Anrufen wollte er aber nicht. Plesser brauchte von seinen Versuchen, den Mörder zu finden, nichts zu wissen. Es konnte außerdem Ungemach für Kerbl bedeuten. Plesser hatte sicher kein Verständnis dafür, dass er, sozusagen als Amateur, bei diesen Mordermittlungen mitmischte. Er beschloss, in die Stadt zu gehen, es wäre ja möglich, dass ihm Kerbl über den Weg lief. Wenn das nicht der Fall war – ein Bier bei Uschi war immer noch besser, als sich alleine zu Hause zu langweilen.

Das Café war gut besucht, es dauerte ein Weilchen, bis sich Uschi ihm widmen konnte. Er sah sich um, konnte aber kein bekanntes Gesicht entdecken.

»Wo ist denn dein Freund?«, fragte er, während sie ihm ein großes Bier einschenkte.

»Habe viele«, meinte sie mit leichtem Lächeln. »Wen meinst du?«

»Otto!«

»Den habe ich schon einige Zeit nicht gesehen. Der Arme.«

»Der Arme!«, äffte er sie nach. »Der Kerl hat ja nicht alle Tassen im Schrank. Stell dir vor, der spioniert mir nach. Vor einigen Tagen habe ich ihn zufällig gesehen, wie er vom gegenüberliegenden Grundstück Ausschau hielt. Als ich dann aus dem Haus gerannt bin und ihn fragen wollte, war er huschhusch verschwunden. Hast du ihm das aufgetragen?«

»Nein! Warum sollte ich?«

Höfer drehte nachdenklich sein Bierglas.

»Übrigens, ich glaube, er hat vor vielen Jahren einen psychischen Schaden erlitten, der ihn immer noch quält. Wenn ich ihn diesbezüglich anspreche, sieht er mich mit seinen großen Augen an, schweigt, steht auf und geht. Er bräuchte eine Behandlung, aber wer zahlt die?«, sagte Uschi nachdenklich.

Sie wurde an einen Tisch gerufen und er dachte darüber nach, wie er es anstellen konnte, ihre Eifersüchteleien zu entkräften. Ihm fiel nichts ein.

»Wie hat dir eigentlich mein Haus gefallen?«, fragte er, um dem Gespräch eine harmlose Wende zu geben.

»Ja, eh gut«, meinte sie.

»Ja, eh gut? Ich erwarte ja keine Begeisterungsschreie, aber das heißt dann doch, dass es dir nicht gefallen hat.«

»Pauli, ich meinte damit, dass deinem Haus die frauliche Note fehlt.«

»Die frauliche Note? Meinst du damit da ein Deckchen, dort ein Figürchen, zwischendurch ein Pölsterchen und eine kleine Vase? Das sind doch nur Staubfänger. Sowas kommt nicht in mein Haus, Punktum!«

»Diese kleinen Dinger machen es doch erst lebenswert und

erfreuen das Auge.« Uschi hatte ihre Stimme erhoben.

»So ein Schwachsinn«, knurrte Höfer.

»Dann wird sich eine Frau in deinem Haus nie wohlfühlen«, keifte sie.

Auf solche Diskussionen wollte er sich im Augenblick nicht einlassen.

»Habe noch zu tun, Uschi. Tschüss!«

*

Heidi stand im Supermarkt und versuchte sich zu erinnern, was sie einkaufen musste. Gerti wollte wieder einen ihrer berühmten Kuchen backen, dazu brauchte sie Mehl. Doch was wurde sonst noch für einen Kuchen benötigt? Heidi, für die Backen immer schon ein Geheimnis gewesen war, verfluchte ihre Nachlässigkeit, den Einkaufszettel zu Hause liegen gelassen zu haben.

Es nutzte nichts, sie musste umkehren. Auf gut Glück einkaufen brachte keinen Kuchen, es schmälerte nur die Geldbörse.

Als sie aus dem Eingang stürzte, stieß sie fast mit Frau Stranzinger zusammen.

»Na, Sie haben es ja eilig«, sagte die ehemalige Erzieherin.

Wenn sie ihr jetzt vom vergessenen Zettel erzählte, konnte sie sich sicher einen stundenlangen Vortrag über Gehirntraining, Nachdenken und Achtsamkeit anhören.

»Gerti wartet schon auf mich. Wir wollen heute noch einige Sachen gemeinsam erledigen«, sagte sie deswegen.

»Also nur ein kleiner schneller Einkauf?« Stranzinger schielte auf ihre leere Tasche.

»Wie Sie sehen.« Heidi wollte schnell weiter.

»Übrigens!«, hielt sie die Erzieherin fest, »mir ist noch etwas eingefallen. Sie haben sich doch nach den Mädchen erkundigt.

Nachdem Sie weg waren, erinnerte ich mich an eine junge Frau, eine Ausreißerin, wie sie im Buche steht, aber höchst intelligent. Marita hat sich schnell bei uns eingelebt und dann machte sie sich an unseren Chef, also Herrn Hauser, ran. Sie nannte ihn Opa und wich nicht von seiner Seite, wenn er da war. Das gefiel ihm natürlich sehr und er verwöhnte sie mit kleinen Geschenken.«

»Glauben Sie, dass die beiden etwas miteinander hatten?«

»Sicher nicht. Für die Mädchen gab es keine Möglichkeit, für einige Stunden zu verschwinden, und Herr Hauser ist ein Mann, der sich nicht viel für Frauen interessiert. Ich denke, für Marita war er so etwas wie ein Vaterersatz.«

»Lebt diese Marita noch in Ihrer Einrichtung?«

»Ach, woher! Das war vor vielen Jahren. Wenn ich richtig informiert bin, arbeitet sie jetzt in Hausers Firma.«

»Tatsächlich?«

»Ja! Ich predigte das immer den Kindern. Wenn man etwas erreichen will, schafft man das auch. Man braucht nur genügend Entschlusskraft dazu.«

»Die habe ich auch. Gerti wartet auf mich und ich entschließe mich jetzt, zu gehen. Schade, dass wir nicht weiterplaudern können. Auf Wiedersehen!«

*

Höfer ärgerte sich. Hauptsächlich über sich selbst. Warum ließ er sich immer dazu hinreißen, bei Uschi einen Streit vom Zaun zu brechen? Hatte das psychologische Gründe? Das war natürlich möglich, schließlich hatte er Jahrzehnte als einsamer Wolf gelebt und all seine früheren Ermittlungserfolge beruhten darauf. Er musste mit jemandem darüber reden. Aber einen Seelenklempner würde er nicht aufsuchen. So weit käme es noch. Doch wem sollte er sich anvertrauen? Er hatte so gut wie keine Freunde. Plesser vielleicht? Der war seit Jahren verheiratet und kannte sich im Umgang mit Frauen beziehungsweise dem Zusammenleben verschiedener Geschlechter sicher aus.

Wenn er aber an die doch etwas burschikose Art des Chefinspektors dachte, war ihm nicht wohl dabei, denn auslachen wollte er sich auf keinen Fall lassen.

Kerbl vielleicht? Der Abteilungsinspektor hatte eine Freundin, lebte mit ihr zusammen, der musste doch eine Ahnung haben, wie das Zusammenleben funktionierte.

Er musste ja nicht über sich selbst sprechen, konnte einen Freund vorschieben, der ihn um Rat fragte.

Höfer war erleichtert. Genau das würde er tun. Er zog sein Handy aus der Tasche.

*

Kerbl saß im Büro und ließ seine Befragungen Revue passieren. Den Kassier Schreiber fand er ziemlich undurchsichtig. Er konnte nicht glauben, dass der Mann keinen Einblick in die tatsächlichen Abläufe des Vereins hatte. Vor allem, als er über die Morde sprach, glaubte er, kurz eine gewisse Unsicherheit bei ihm bemerkt zu haben.

Dann dieser Schriftführer Stockl. Der redete viel, ohne dabei Genaueres zu sagen. Als er über die Morde sprach, hatte ihn das ziemlich aufgeregt, aber er hatte schnell eine Erklärung dafür gefunden. Jedenfalls stellte er seine Invalidität sehr in den Vordergrund. Wäre interessant, wann dieser Unfall geschehen ist.

Wie er das aber herausfinden sollte, hatte er keine Ahnung, schließlich gab es ja den Datenschutz. Dann dieser Hauser. Der wusste angeblich über alles Bescheid, heraus kam aber so gut wie nichts. Kerbl widerstrebte es, ihn nach seinem letzten Besuch noch einmal in seinem Büro aufzusuchen.

Schließlich gab es noch den Kassier-Stellvertreter Zangler. Den musste er noch befragen, machte sich aber keine Hoffnung, von ihm Interessantes zu erfahren.

Zusätzlich wollte er noch einmal mit Schreiber und Stockl reden, nur Hauser – den sollte sich Höfer vornehmen. Die Empfangsdame war ihm zu gefährlich. Er griff zum Handy, aber bei Höfer schien besetzt zu sein.

*

»Es wird immer schlimmer mit dir, Heidi«, jammerte Gerti. »Irgendwann wirst du dein Hirn zu Hause lassen und dann stehst du auf der Straße und hast keine Ahnung, wo du hingehörst.«

»Du übertreibst, Gerti. Der Fehler ist nur geschehen, weil du mich so gedrängt hast, schnell, schnell einkaufen zu gehen. In der Eile kann das dann schon einmal passieren. Mein Hirn ist noch vollkommen in Ordnung.«

»Das sagst du. Ich frage mich nur, weshalb ich mir die Mühe mache, alles detailliert aufzuschreiben, wenn du den Zettel dann liegen lässt. Eigentlich sollte ich jetzt schon in der Küche stehen und den Teig rühren.«

»Das kannst du gleich machen. Übrigens hat meine Vergesslichkeit auch etwas Gutes gehabt. Ich wäre nie mit dieser Erzieherin zusammengetroffen, wenn ich sackweise Mehl, Zucker und Butter gekauft hätte. Sie hat mir einiges erzählt.«

»Über Vergesslichkeit und Hirnlosigkeit?«, spottete Gerti.

»Hör bitte auf, das ist ja nicht zum Aushalten.« Dann erzählte sie von dem Mädchen, an das sich an den Vereinschef Hauser herangemacht hat und das jetzt in seiner Firma arbeitete.

»Da haben wir es ja, es gibt sicher einen sexuellen Hintergrund«, ereiferte sich Gerti.

»Die Erzieherin bestreitet das. Angeblich hat es Hauser nicht so mit Frauen.«

»Wer's glaubt! Außerdem gibt es wahrscheinlich noch andere Männer in diesem Verein.«

»Das sollten wir herausfinden«, rief Heidi begeistert.

»Ja! Aber zuerst gehst du einkaufen. Und vergiss bitte nicht die Liste, oder soll ich dir den Zettel aufs Hirn picken?«

*

Höfer stand vor Uschis Café. In der Hand hielt er einen Strauß dunkelroter Rosen. Es war Sperrstunde und er wollte sie mit den Blumen überraschen. Er hatte niemanden gefragt, auf diese Idee war er selbst gekommen und einigermaßen stolz auf sich.

Die Lichter im Inneren wurden gelöscht, die Türe öffnete sich und heraus kam – Otto?

Spielte der jetzt Kaffeehausbesitzer? Otto sah ihn mit seinen großen runden Augen an und nahm Reißaus.

»Otto! Du hast zum Zusperren vergessen«, rief ihm Höfer nach.

»Zusperren tue immer noch ich«, vernahm er eine Stimme.

Höfer drehte sich um. Uschi! Sie schepperte mit ihrem Schlüsselbund.

»Ich dachte schon …«, begann er.

»Denken solltest du öfters«, sagte sie kratzig.

Er hielt ihr die Blumen hin. »Ich möchte mich für das letzte Mal entschuldigen«, sagte er in bittendem Ton.

»Nur für das letzte Mal?« Uschi schien immer noch verärgert zu sein.

»Nein, für alle Vorfälle. Aber ich kann dir nicht tausende Rosen schenken, so viele Vasen hast du nicht.« Höfer versuchte den aufsteigenden Groll zu unterdrücken.

Sie begann zu lächeln. »Das ist lieb von dir«, sagte sie. »Woher weißt du, dass ich Blumen sehr gern habe?«

»Du vergisst, dass ich Polizist bin, also war.«

»Gott sei Dank bist du es nicht mehr, obwohl«, Uschi blickte sich suchend um. »Wo ist denn Otto?«

»Als er mich sah, hat er sich schnell vertschüsst. Wirklich ein eigenartiger Kerl. Es scheint, als hätte er vor mir Angst. Dabei will ich ihm doch nichts tun. Ich schau ihn gar nicht an, wenn ich einmal zu dir ins Café komme.«

»Einmal! Das ist es ja. Du kommst viel zu selten. Und wenn du kommst, machst du einen Wirbel und verschwindest wieder. Wie soll er denn da Vertrauen zu dir fassen?«

»Uschi, ich verspreche dir, ich werde mich ändern. Es ist zwar verdammt schwer für mich, aber ich schaffe das.«

»Das hoffe ich, mein Lieber.« Sie sah ihm tief in die Augen.

»Kommst du noch auf ein schnelles Bier mit rein? Ich muss ja die Blumen ins Wasser stellen.«

»Gern! Aber ich dachte eigentlich …«

»Heute nicht, lieber Paul. Ich habe schon alles für meinen Wohlfühlabend vorbereitet. Zuerst ein langes Bad, dann eincremen, Nägel schneiden und lackieren, Haare lange bürsten und anschließend ins Bett. Als Frau braucht man solche Stunden.«

»Also ich würde gerne deinen Rücken in der Badewanne schrubben.«

Uschi lachte laut auf.

»Du weißt, was dabei herauskäme. Nein! Heute nicht. Ein anderes Mal vielleicht, wenn du einige Entchen und Schifflein besorgst.«

Kapitel 13

»Ich verstehe es nicht.«

Heidi stand in der Küche und sah zu, wie Gerti den Kuchen mit Schokolade überzog, Mandelblättchen darüberstreute und mit Staubzucker verzierte.

»Eindeutig! Dein Gehirn hat Aussetzer«, meinte Gerti.

»Kannst du bitte mein einmaliges Versehen endlich abhaken?«

»Vielleicht sollten wir uns bei der Erzieherin erkundigen, wie Gedächtnistraining funktioniert? Für uns beide, ich werde ja auch nicht jünger«, schlug Gerti vor.

»Wenn du meinst? Aber wovon ich redete, hat nichts mit Gedächtnisverlust zu tun.«

»Na, dann sag endlich, was du nicht verstehst.«

»Ich habe mich doch mit dem Nachbarn des netten Polizisten unterhalten. Der erzählte von Leichenwagen und Polizei vor dessen Haus. Angenommen, es waren Mädchen, die man gefunden hat. Frau Stranzinger sagte doch, dass Männer keinen Zutritt hatten. Wieso gibt es dann ein, zwei tote Mädchen? Das verstehe ich nicht.«

Gerti legte das Zuckersieb zur Seite und dachte nach.

»Es gibt mehrere Möglichkeiten. Erstens, sie begingen Selbstmord. Zweitens, sie wurden von anderen Mädchen umgebracht. Drittens, eine der Erzieherinnen erschlug sie. Viertens, die Erzieherin ließ doch Männer ins Haus und dann waren zwei Mädchen tot. Es gibt noch viele Varianten, doch die erspare ich mir.«

»Das kann doch nicht geheim gehalten werden, wenn viele Mädchen im Haus leben, davon hätte man doch erfahren. Deine Theorien sind löchrig.«

»Tja, dann musst du noch einmal mit dem Nachbarn reden, oder du fragst den Polizisten«, sagte Gerti schnippisch.

»Der wird mir sicher nichts von seinen Ermittlungen erzählen.«

»Wenn es überhaupt welche gibt, Heidi. Ehrlich, ich glaube, dass du dir etwas zusammenreimst. Schreib darüber doch selbst einen Kriminalroman, da kannst du deiner Fantasie freien Lauf lassen.«

Gerti war es leid, immer wieder davon hören zu müssen, dass tote Mädchen in dem Haus gefunden wurden. Aber diesen Schwachsinn ließ sich Heidi nicht ausreden.

»Es müssen Mädchen gewesen sein. Weshalb sollte der Polizist sonst in der Anlage beim Wald aufkreuzen? Warum will er wissen, was diese Erzieherin uns erzählt hat? Davor kann man doch nicht die Augen verschließen.« Heidi ließ nicht locker und Gerti begann zu seufzen.

»Da gibt es genügend andere Gründe, meine Liebe. Vielleicht findet er die Einrichtung so gut und will mitmachen. Oder dem Verein eine größere Spende geben. Es ist auch möglich, dass seine Tochter einen Job sucht und er von der Erzieherin erfahren will, wie es dort zugeht. Du hast schon recht, am Anfang tat ich begeistert mit, man will ja auch im Alter etwas erleben, aber hinter allem eine verbrecherische Energie zu sehen, ist mir offen gestanden zu blöd. Das hat mit Realität nichts mehr zu tun.«

»So, du willst mir also nicht mehr helfen!« Heidi war gekrängt und schnupfte auf.

»Natürlich mache ich weiter, Liebes«, redete Gerti beruhigend auf sie ein. »Ich lasse dich doch nicht allein. Wer weiß, in welches Wespennest wir stochern. Aber du solltest etwas weiträumiger denken, was den oder die Morde angeht.«

»Das freut mich. Ich werde über alles noch einmal nachdenken«, sagte Heidi erleichtert. »Schneidest du mir ein Stück Kuchen ab? Mein Gehirn braucht dazu Nahrung.«

*

Kerbl stand vor dem Haus des Kassier-Stellvertreters Zangler. Es war eine alte Villa, die in einem parkähnlichen Garten stand. Der Mann muss Geld haben, dachte er, ein normaler Bürger kann sich so etwas nicht leisten.

Er läutete, doch nichts rührte sich. Er versuchte es nochmals, niemand öffnete.

Er ging den Zaun entlang und bemerkte einen Mann mit grüner Schürze bei einem Rosenstrauch.

»Hallo!«, rief er und winkte. »Sind Sie Herr Zangler?«

Der Mann drehte sich um. Er sah alt aus, tiefe Furchen waren in sein Gesicht gegraben. Mit langsamen Schritten kam er näher.

»Sie wünschen?«

»Herr Zangler?«

Kopfschüttelnd sah ihn der Mann an.

»Der Herr hält gerade seine Mittagsruhe.«

Kerbl kramte seinen Ausweis aus der Tasche und hielt ihn dem Mann hin. »Polizei! Ich muss mit Herrn Zangler sprechen. Wecken Sie ihn auf.«

»Das darf ich nicht. Herr Zangler hat klare Regeln aufgestellt.«

»Regeln sind dazu da, um gebrochen zu werden. Wecken Sie ihn, oder soll ich Sie wegen Widerstand gegen die Staatsgewalt einlochen?«

Der Alte zögerte. Dann zuckte er die Achseln.

»Auf Ihre Verantwortung. Aber wenn er mich deswegen rauswirft, müssen Sie mich für Ihren Garten anstellen. Ich bin auf das Geld angewiesen.«

»Das mache ich gerne. Das Problem ist nur – ich habe keinen Garten. So, jetzt lassen Sie mich hinein und wir werden Ihren Chef gemeinsam aufsuchen. Ich werde ihm die Kündigung schon ausreden können. Jeder kann und sollte doch selbständig Entscheidungen treffen.«

»Glauben Sie?«

Kerbl wusste nicht, worauf diese Frage genau abzielte.

Als sie das Haus betraten, hielt Kerbl den Atem an. Sie standen in einer riesigen Halle, Kerbls Büro bei der Polizei hätte gut viermal hineingepasst. Breite Stiegen führten in das Obergeschoß. Überall sah er Marmor und Stuckdekor.

Der Alte ging weiter zu einer zweiflügeligen Glastüre und öffnete sie. Ein großer Esstisch stand mitten im Raum und auf der Seite bemerkte er einen Diwan, auf dem ein Mann lag.

Dem Alten rutschte die Schnalle aus der Hand, die Türe fiel krachend ins Schloss.

Zangler, es musste Zangler sein, schreckte hoch.

»Was zum Donnerwetter …«

»Entschuldigung, Chef! Aber meine Finger – Sie wissen ja, das Rheuma …«, jammerte der Alte.

»Fritz, du weißt doch, dass du mich nicht …«

»Ich habe ihn dazu aufgefordert, er konnte nicht anders, Herr Zangler.«

»Von Zangler, wenn ich bitten darf.«

»Der Adel ist abgeschafft. Hat sich das nicht bis zu Ihnen herumgesprochen?« Kerbl war der Mann von Beginn an unsympathisch.

»Wer zur Hölle sind denn Sie?« Zangler strich sich das lange, aber spärliche Haar aus dem Gesicht.

»Polizei! Ich habe einige Fragen an Sie.« Er zückte wieder seinen Ausweis.

»Brauche ich einen Anwalt?«

»Haben Sie etwas verbrochen? Dann schon. An sich will ich Sie aber nur zu einem etwas weiter zurückliegenden Fall befragen.«

»Und da können Sie nicht warten, bis ich meine Mittagsruhe beendet habe? Das ist doch eine Frechheit!«

»Ich kann nicht warten, bis sich die hochwohlgeborene Herrschaft den Schlaf aus den Augen gerieben hat. Habe genug anderes zu tun.«

»Na, dann erledigen Sie das zuerst und kommen später wieder. Auf Wiedersehen!« Zangler wollte es sich wieder auf dem Sofa bequem machen.

»Nicht, wenn ich einen Mordfall zu untersuchen habe«, sagte Kerbl scharf.

»Mord?« Zangler richtete sich wieder auf und sah ihn mit großen Augen an.

Kerbl bemerkte die blasse Gesichtsfarbe. Hatte er einen wunden Punkt getroffen?

»Fritz, du kannst gehen.« Zangler winkte mit der Hand. »Aber das wird ein Nachspiel haben«, sagte er drohend.

»Das wird es nicht. Darauf werde ich achten«, knurrte Kerbl. »Er hat nur seine Bürgerpflicht erfüllt. Wenn Sie ihn entlassen, jage ich Ihnen die Arbeiterkammer auf den Hals.«

»Ich kann mit meinen Angestellten tun und lassen, was ich will«, schrie Zangler.

»Vielleicht vor hundert Jahren. Heute nicht mehr. Und jetzt beruhigen Sie sich bitte.«

Zangler schwieg und knetete seine Finger. »Nun, was ist denn Ihr Anliegen?«, fragte er dann mit ruhiger Stimme.

»Ich möchte einiges über den Verein Ikaras wissen.«

»Deswegen kommen Sie ausgerechnet zu mir? Mit dem habe ich doch nichts zu tun.«

»Immerhin sind Sie der Kassier-Stellvertreter.«

»Ha! Ein Titel, nichts als ein Titel. Mit dem Verein selbst habe ich nichts zu tun. Außer dass ich hin und wieder eine größere Summe spende, oder meinesgleichen dazu animiere, ebenfalls wohltätig zu sein. Ich gebe zu, bis vor einigen Jahren versuchte ich, mich aktiv zu beteiligen, hab es aber aufgegeben. Ich habe gemerkt, dass es nicht auf meiner Linie lag, mich mit pubertierenden Mädchen zu befassen.«

»Wann haben Sie sich zurückgezogen?«

»Darüber führe ich nicht Buch. Fünf Jahre, zehn Jahre? Irgendwann in diesem Kreis sollte es stattgefunden haben. Weshalb liegt das in Ihrem Interesse?«

»Weil wir in einem dieser ehemaligen Genossenschaftshäuser zwei Mädchenleichen gefunden haben.«

»Damit habe ich nichts zu tun!«, Zangler sprang auf und fuchtelte mit seinen Armen herum. »Wie können Sie es wagen, mich zu verdächtigen?«

»Das mache ich ja nicht, Herr Zangler. Ich sagte Ihnen nur, weshalb ich ermittle. Der Mörder soll doch nicht ungestraft davonkommen, das verstehen Sie doch?«

»Dann sehen Sie sich doch einmal den feinen Herrn Hauser an. Ich habe ihm damals klarmachen wollen, dass es wenig Sinn macht, die Mädchen weitverstreut in kleinen Wohneinheiten unterzubringen. Doch er wollte unbedingt den Preis für das Anwesen beim Wald hinunterdrücken. Der feine Herr Präsident! Nicht einmal einen Vizepräsidenten ließ er zu. Wollte alles allein bestimmen. Jetzt soll er auch die Verantwortung dafür übernehmen.«

»Ich habe schon mit ihm gesprochen. Von Ihnen will ich wissen, ob Ihnen Auffälligkeiten bekannt sind. Haben sich Männer bei den Häusern herumgetrieben, hat es Beschwerden der Mädchen diesbezüglich gegeben, irgendetwas, das nicht zum normalen Betrieb gehörte?«

»Von welcher Zeit sprechen Sie?«

»Ungefähr vor fünf, sechs Jahren.«

Zangler versuchte, sich grübelnd zu geben. Er runzelte die Stirn, die Augen blickten starr Richtung Decke.

»Nein! Damals bin ich zwar viel herumgekommen, aber es ging alles den gewohnten Weg. Nein! Nichts Auffälliges. Nicht dass ich wüsste.«

»Aber es war doch in etwa die Zeit, in der Sie sich vom Vereinsgeschehen zurückgezogen haben. Ist wirklich nichts passiert, das Sie dazu bewog, Abstand zu nehmen?«

»Nein! Wie gesagt, mir waren die Mädchen einfach zu anstrengend.«

Kerbl glaubte seinen Beteuerungen nicht ganz. Er sah ihn stirnrunzelnd an. Seine Gesichtsfarbe hatte sich nicht verbessert. Sollte er ihn unter Druck setzen? Ein bisschen wäre vielleicht ganz gut.

»Sollte Ihnen doch noch etwas einfallen, rufen Sie mich an.« Er legte seine Visitenkarte auf den Tisch. »Gehen Sie in sich, das befreit.«

Mit einer Abschiedsgeste ging er und Zangler rief ihm nach:

»Glauben Sie mir, ich war wirklich nie in dem Haus in der Sperlinggasse!«

*

Höfer war es bis jetzt nicht in den Sinn gekommen, sich bei seinen Nachbarn vorzustellen. Wozu, dachte er, die bekamen es garantiert mit, die Renovierung war ja nicht geräuschlos vor sich gegangen. Sie sollten froh sein, dass sich kein Radaubruder hier einquartierte, und auf nachbarliche Freundschaften konnte er gut verzichten.

Er tigerte in seinem Wohnzimmer auf und ab, umrundete etliche Male den Pfeiler und dachte dabei an die überschaubaren Erfolge seiner und Kerbls Ermittlungen. Alle Verdächtigen konnten sich in Sicherheit wiegen, es gab keine Zeugen, keiner machte Anstalten, sein Gewissen zu erleichtern.

War Kerbl wirklich der richtige Mann, die Aufklärung zu leiten? Er empfand ihn als viel zu sanft. Die Kerle sollten viel härter unter Druck gesetzt werden, mit Anschuldigungen sollte man nicht sparen, auch wenn sie möglicherweise falsch waren. Vielleicht geriet dadurch einer der Herren so in Panik, dass ihm etwas herausrutschte, was eigentlich ungesagt bleiben sollte.

Er hatte das immer so praktiziert, die Erfolge gaben ihm recht. Bei den Strizzis funktionierte das bestens, aber er wusste auch, Plesser und Kerbl hielten nichts davon, bei sogenannten honorigen Menschen so vorzugehen, denn diese besaßen alle gute Anwälte, die der Polizei dann Feuer unterm Hintern machten. Das war also auch nicht zielführend, dachte er, aber wie sollte man sonst den Fall klären?

Sinnierend stand er vor dem Pfeiler, wo, wenn er wollte, ein elektrisches Feuer flackerte.

Mit der flachen Hand schlug er sich auf die Stirn. Wieso war er nicht früher darauf gekommen? Die Nachbarn! Die konnten doch etwas mitbekommen haben, als die jungen Mädchen hier wohnten. Gab es Männerbesuche, waren ungewöhnliche Schreie zu hören, sahen oder vernahmen sie etwas, das nicht in den regulären Alltag passte?

Als er aus dem Haus trat, stand auf der gegenüberliegenden Gassenseite ein Mann mit großem Kopf und kugelrunden Augen, der nachdenklich vor sich hin starrte.

»Otto! Bleib stehen, wir müssen reden«, rief er überrascht.

Der schreckte hoch, sein Gesicht verzerrte sich, dann schwang er sich über den Zaun und war verschwunden.

Höfer lief über die Gasse. Als er auf der anderen Straßenseite ankam, blickte er sich um. Otto war nirgends zu entdecken. Wohnte er vielleicht in diesem Haus, das schräg vis-à-vis von ihm lag? Er betätigte die Glocke beim Gartentor.

Er hörte deutlich das Läuten, aber nichts bewegte sich. Nicht einmal die Vorhänge zitterten. War das Haus nicht bewohnt? Hatte Otto sich deswegen hier einquartiert? Oder war er nur quer durch den Garten geflüchtet?

»Ich erwische dich schon noch«, brummte er.

Er ging zurück auf seine Seite und versuchte es beim linken Nachbarn von ihm. Auch dort klingelte er vergebens.

»Will denn keiner mit mir reden?«, ärgerte er sich. »Eine Chance gebe ich euch noch«, murmelte er und wandte sich nach rechts.

Endlich! Wenigstens einer zu Hause, dachte er. Der Mann stand bei einer Hecke, zupfte Blätter, zwickte kleine Äste ab, so als ob er Gärtner wäre.

»Hallo!«, machte Höfer auf sich aufmerksam und winkte dazu.

Der Mann blickte hoch und schlurfte dann langsam auf ihn zu.

»Ich bin Ihr neuer Nachbar und möchte mich vorstellen«, sagte er.

»Nötig!«, sagte der Mann und nickte.

»Notwendig finde ich das nicht«, fuhr Höfer auf. »Aber ich will ja ein gutes Einvernehmen mit meinen Nachbarn.«

»Ich heiße Nötig!«, erklärte der Mann.

»Ach so! Entschuldigung! Also, ich bin Major Höfer.«

»Ah! Ein Soldat. Dann werden Sie Ihr Leben hier nicht sehr oft genießen können.«

»Nein! Polizei! Bin aber aus dem Dienst geschieden.«

»Ein junger Bursche wie Sie? Geht denn das?«

»Schon! Bin eben dabei, mir ein neues Betätigungsfeld zu suchen.«

»Da brauchen Sie aber viel Glück bei den heutigen Arbeitslosenzahlen. Ich bin froh, dass ich schon in Rente bin.«

»Wer weiß, vielleicht werde ich Privatdetektiv?«

Der Mann bekam einen Lachanfall.

»Na, dann werden Sie bald bei der Suppenküche stehen, um wenigstens etwas in den Bauch zu bekommen.«

»Nun ja, man wird sehen.« Höfer ärgerte sich. So voreingenommen sein!

»Sagen Sie, ich habe es schon bei meinem Gegenüber und links von mir versucht, aber nirgends war jemand zu Hause. Stehen die Häuser leer?«

»Nein. Die sind nur selten da. Neben Ihnen lebt ein Arzt aus Wien, der höchstens zum Wochenende kommt. Das Haus vis-à-vis gehört einem Firmenchef, der erst spät in der Nacht, wenn überhaupt, eintrifft. Wenn er kommt, hat er meist eine junge Frau mit.«

»Sie sind gut informiert.«

»Habe ja sonst nichts zu tun. Ich lebe allein und im Fernsehen spielen sie meist nur Mist. Irgendwie muss man sich ja die Zeit vertreiben, ehe einem die Augen zufallen.«

»Wohnen Sie schon lange hier?«

»Über zehn Jahre.«

»Ah, dann haben Sie ja mitbekommen, dass sich in meinem Haus früher junge Mädchen befanden. Erinnern Sie sich?«

»Komisch. Genau das gleiche hat mich vor kurzem eine ältere Dame gefragt. Eine Assistentin von Ihnen?«

»Ich arbeite grundsätzlich allein. Wie sah die Frau denn aus?«

»Schlank, kurzgeschnittene weiße Haare. Sie sagte, sie wohne nicht weit entfernt von mir. Eine sehr nette Dame. Für sie würde ich sogar mein Einsiedlerleben aufgeben«, sagte Nötig begeistert.

War das eine von diesen alten Weibern? Was hatte die hier zu suchen? Höfer rätselte.

»Sagen Sie, Herr Detektiv, vor einigen Tagen war bei Ihnen doch die Polizei und ein Leichenwagen. Was ist denn geschehen, gab es einen Toten?«

»Darüber darf ich Ihnen leider keine Auskunft geben. Nur so viel, es dürfte einen Zusammenhang mit den Mädchen geben.«

»Ha! Haben die eine Erzieherin umgebracht? Würde mich nicht wundern.«

»Nein! Aber dazu kann ich keinen Kommentar abgeben. Waren die Erzieherinnen so streng?«

»Na, jedenfalls die am Schluss hier war, als das Haus geschlossen wurde, war eine anständige Fuchtel. Hat nur herumgeschrien und kommandiert, die Mädchen sind sozusagen nur mehr auf Zehenspitzen im Garten herumgegangen. Es waren zwar nur mehr zwei Kinder, aber die hatten es sicher nicht schön.«

»Die sind also dann in das neue große Heim übersiedelt. Ein Umzug mit Möbelwagen und so weiter?«

Nötig wurde nachdenklich.

»Wenn Sie mich jetzt so fragen. Seltsam! Am Abend noch Gebrüll und Geschrei und am nächsten Morgen Ruhe. Niemand war mehr da. Eigentlich hätte ich ja etwas hören müssen, ich schlief schon damals nicht mehr so gut. Wissen Sie, das hat wahrscheinlich mit meiner Prostata ...«

»Das heißt, sie sind sang- und klanglos verschwunden?«, unterbrach ihn Höfer.

»Es scheint so. Bemerkt habe ich jedenfalls nichts.« Nötig schwieg nachdenklich. »Ich erinnere mich deswegen so gut, da damals am späten Nachmittag ein Transporter kam und eine Menge Ziegel ablud.«

»Eigenartig!«, brummte Höfer.

»Sie sagen es, Herr Detektiv. Das Lustige dabei ist – als ich am nächsten Morgen hinübersah, war ein Großteil verschwunden. Was die Mädchen in der Nacht mit den Ziegeln machten, ist mir ein Rätsel. Der Rest lag monatelang vor dem Haus herum. Ich habe sie mir dann geholt und einen Gartenweg damit gepflastert. Wäre doch schade um sie gewesen. Kann man mir daraus einen Strick drehen?«

»Kaum. An sich wäre es Diebstahl, aber nachdem niemand Anspruch darauf erhob und sie abholte, nenne ich es herrenloses Gut. Ich hätte sie zwar jetzt auch brauchen können, aber vergessen Sie es, Sie haben keine strafbare Handlung begangen.«

»Da bin ich erleichtert. Danke!«, rief Nötig.

»Ich danke Ihnen. Sie haben mir sehr weitergeholfen. Auf gute Nachbarschaft!« Höfer hatte genug von dem Geschwafel, obwohl der Mann ihm einiges Interessantes erzählte. Er zwang sich zu einer freundlichen Verabschiedung.

»Kommen Sie doch einmal zu mir«, rief ihm Nötig nach. »Dann können wir Kartenspielen.«

So weit kommt's noch, dachte Höfer, Bauernschnapsen zu zweit?

Kapitel 14

Kerbl stierte vor sich hin. Dieser Fall ging ihm mächtig an die Nieren. Es gab viele vermisste Mädchen vor fünf Jahren, das heißt, wenn sie überhaupt noch abgängig waren. Sie konnten genauso gut zu ihren Familien zurückgekehrt sein, ohne dass er das je erfahren würde.

Bis auf zwei, die waren tot. Wobei er ja nicht einmal wusste, ob diese als verschollen gemeldet wurden.

Er suchte auf seinem überfüllten Schreibtisch nach den Akten der verschwundenen Mädchen. Er hatte in Erinnerung, dass die Anzeigen der Verein Ikaras machte, aber vielleicht stand auch der Name der Person darin, die es meldete.

Tatsächlich fand er überall den Namen Roland Stockl, Schriftführer. Das war keine Überraschung. Dazu hatte der Chef des Vereins seine Untergebenen, um sich nicht selbst in die Niederungen des täglichen Geschehens begeben zu müssen. Wenn das Verschwinden von Mädchen zum normalen Ablauf gehörte, was Kerbl an sich nicht glaubte. Aber als Präsident konnte er sich das erlauben.

Dass der Schriftführer das erledigen musste und nicht einer der Kassiere, war ebenfalls klar. Wie ihm das aber bei der Identifizierung der mumifizierten Leichen helfen sollte, lag hinter Nebelschwaden versteckt.

Kurz entschlossen rief er Höfer an. Wenn sie gemeinsam die Befragungen von Schreiber, Stockl und Zangler durchgingen, fiel dem Major unter Umständen etwas auf, das sie ein Stückchen weiterbrachte. Er überlegte auch, den Major zu den drei Herrschaften zu einer weiteren Befragung zu schicken. Seine brutalere Art im Umgang mit Zeugen oder Verdächtigen konnte vielleicht den einen oder anderen aus der Reserve locken.

»Höfer!«, meldete sich endlich der Major. »Ist es dringend? Wurde nämlich gerade zu Kaffee und Kuchen eingeladen.«

»Das will ich Ihnen nicht verderben. Sind Sie abends zu Hause? Dann komme ich zu Ihnen. Ist das recht?«

»Neunzehn Uhr!«, sagte Höfer und unterbrach die Verbindung.

*

Tatsächlich war Höfer nur zum Haus der beiden Damen gekommen, um sich vom Baufortschritt zu überzeugen. Er hatte zwar Vertrauen zu Sabo, aber Kontrolle war immer noch besser, schließlich besaß er keine Erbtante, die einen regelmäßigen Geldfluss garantierte. Er war überrascht, wie weit die beiden vorangekommen waren.

»Wunderbar, Sabo«, rief er. »Dann seid ihr ja bald fertig.«

»Ja, Chefe, gut gelaufen«, nickte Sabo. Dann druckste er ein wenig herum. »Chefe, du mir helfen? Wegen Baufirma. Ich nicht wissen, was zu tun, um aufzumachen.«

»Klar, Sabo. Aber da hast du gerade den Richtigen vor dir«, lachte er.

»Wieso, Chefe? Du Beamte, dort Beamte, sind doch alle gleich.«

»Beamte ja, aber ganz andere Baustelle. Aber keine Angst, ich werde mich erkundigen, was alles nötig ist, Sabo, das verspreche ich.«

»Danke, Chefe! Du guter Mann. Ich dir jetzt zeigen Wohnzimmer. Ist super.« Er küsste seine Fingerspitzen.

Höfer staunte, als er den strahlend hellen Raum betrat. Sogar der Pfeiler, dessen Ziegelstruktur stets einen düsteren Eindruck hinterließ, war weiß verputzt und fiel dadurch kaum mehr auf. Die neuen Fußbodenbretter mit ihrem hellbraunen Glanz machten alles noch wohnlicher.

»Sieh an, der nette Herr Polizist«, rief Gerti, die auf einer abgewohnten Sitzbank saß. »Was führt Sie zu uns?«

»Ich wollte nur einmal nachsehen, ob alles zu Ihrer Zufriedenheit läuft.«

»Mehr als das«, sagte Gerti. »Ihre Männer machen das ... wie sagt man heute? Super! Ja, genau, es gibt keinen besseren Ausdruck. Ich werde die Leute weiterempfehlen. Es gibt doch so viele alte Häuser, die unbedingt eine Auffrischung benötigen. Wenn ich zum Beispiel an die Hütte der Erzieherin denke ...«

»Ah ja, wie ist sie denn so? Welchen Eindruck haben Sie von ihr?«

»Naja, eine Plauderin ist sie nicht gerade. Wenn sie was sagt, geht es meist um Training des Geistes, um Pünktlichkeit und dass man seinen Verstand gebrauchen soll. Mit einem Wort streng und kompromisslos, eine Erzieherin der harten Sorte eben. Ich kann mir nicht vorstellen, weshalb sie ihre Arbeit aufgegeben hat.«

»Es kann viele Gründe geben. Vielleicht sollte ich in meiner Eigenschaft als Polizist mit ihr reden. Wie heißt die Frau?«

»Ihren Namen werde ich nie vergessen«, erklärte Gerti. »Was glauben Sie, wie die uns angefahren hat, als wir sie mit Strinzinger anredeten. Sie heiße Stranzinger, das sei viel edler.«

»Gibt es auch einen Vornamen?«

»Auf ihrem Glockenschild steht nur M. Stranzinger. Tut mir leid, aber intimer sind wir mit ihr nicht geworden.«

»Das macht nichts. Möglich, dass ich etwas über sie herausfinde.«

»Da bin ich aber gespannt. Entschuldigen Sie, dass ich erst jetzt frage, Sie bleiben doch auf einen Kaffee?«

Höfer war unentschlossen.

»Sie müssen bleiben«, sagte Gerti bestimmt. »Heidi holt gerade einen frischen Kuchen aus dem Rohr.«

Er gab sich geschlagen.

»Heidi!«, schrie Gerti. »Wir haben Besuch. Beeil dich bitte.«

Kaum war der Ruf verhallt, stand Heidi mit einem Tablett beladen in der Türe.

»Ich höre doch noch sehr gut«, sagte sie. »Den Termin beim Ohrenarzt kann ich streichen. Herr Inspektor, was führt Sie in die Gegend?«

»Ich wollte nachsehen, wie es Ihnen geht. Und dann soll ich schöne Grüße ausrichten. Von meinem Nachbarn, dem Herrn Nötig. Er zeigte sich von Ihnen ganz begeistert.«

»Wir haben uns doch nur kurz unterhalten«, meinte Heidi, in deren Gesicht sich sanfte Röte breitmachte. »Ich habe mich erkundigt, was in Ihrem Haus vorgegangen ist, nachdem Sie ja kein Sterbenswörtchen darüber erzählen.«

»Das ist auch nichts für zarte Frauenohren«, sagte Höfer und schwieg.

»Du flirtest mit einem Mann?«, regte sich Gerti auf.

»Davon kann keine Rede sein«, wehrte sich Heidi. »Außerdem würde er viel eher zu dir passen. Er treibt sich auch den ganzen Tag in seinem Garten herum. Vielleicht gehen wir ihn einmal gemeinsam besuchen?«

»Pah! Das brauche ich. So, und jetzt trödle nicht so herum, sonst wird der Kaffee noch kalt.«

In diesem Augenblick läutete Höfers Handy. Kerbl war am Apparat.

*

Er dachte nicht, dass er Höfer seinen Vorschlag schmackhaft machen musste. Trotzdem besorgte Kerbl einen Karton Dosenbier, ehe er zu ihm fuhr.

»Wissen Sie, was man tun muss, um ein Gewerbe anzumelden?«, überfiel ihn Höfer, als sie am ansonst leeren Kühlschrank standen.

Was und wann isst dieser Mann, dachte er. Als Alleinstehender hat man es schwer, sinnierte er weiter, aber immer nur Würstelstand oder Kebab ist ja auch nicht das Wahre. Bin ich froh, dass ich meine Babsi habe.

»Da erkundigen Sie sich beim Falschen«, meinte er. »Wollen Sie sich verändern?«

»Nein! Ich frage wegen Sabo – meinem Arbeiter«, setzte er hinzu. »Der ist auf den Geschmack gekommen und will eine Baufirma aufmachen. Ich finde das gut, denn wenn er weiter Schwarzarbeit betreibt, sitzt er bald wieder im Kittchen.«

»Erkundigen Sie sich bei der Wirtschaftskammer, die können Ihnen sicher weiterhelfen. Vom Baugewerbe habe ich keine Ahnung, wusste auch nicht, dass man Leichen hinter Ziegeln finden kann. Naja, deswegen bin ich nicht hier – das heißt, eigentlich doch. Ich möchte Sie bitten, sich drei Herren noch einmal vorzunehmen.«

Dann erzählte er von seinen Befragungen der Herrn Schreiber, Stockl und Zangler.

»Vielleicht haben Sie mehr Glück. Bei mir waren sie nicht sehr auskunftsfreudig.« Er schwieg und furchte nachdenklich die Stirn. »Wir sind doch hier in der Sperlinggasse?«

Höfer nickte.

»Eigenartig! Ich habe das bei Zangler eigentlich als Bla-Bla abgetan. Als ich ging, rief er mir nach: ›Ich war nie in dem Haus in der Sperlinggasse!‹ Kann man das als Schuldeingeständnis werten?«

*

Nachdem Höfer eine gewisse Aversion gegen Firmenbesitzer hatte, die seiner Meinung nach regelmäßig bei der Steuer tricksten, die Arbeiter schlecht bezahlten und sich mit dem erschwindelten Geld ein lockeres Leben leisteten, wählte er als ersten zu befragenden Mann den Firmenchef Schreiber.

»Alles nur fürs Auge«, brummte er, als er in das moderne Bürogebäude eintrat. »Man wird geblendet, sodass der Kunde vor Ehrfurcht gleich in die Knie geht.«

»Was kann ich für Sie tun?«, säuselte die Frau hinter dem Tresen.

»Ich will den Chef sprechen.«

»Wenn Sie mir sagen, mit welchem Problem Sie zu uns kommen, kann ich den entsprechenden …«

»Ersparen Sie sich das«, knurrte Höfer. »Ich brauche den Chef. Polizei!«

Für Sekundenbruchteile hielt er ihr den Führerschein hin.

»Schon wieder? Ich dachte, es sei bereits alles erledigt«, regte sich die Dame auf.

»Da lagen Sie falsch. Und pronto bitte, hab nicht so viel Zeit.«

»Ein Beamter, der keine Zeit hat?«, lispelte sie.

»Was sagten Sie da?«, fuhr er sie an.

»Nichts, nichts«, meinte sie und versuchte das Kichern zu unterdrücken.

Höfers Finger trommelten gereizt auf das Pult, während sie den Hörer abhob.

»Zwei Minuten. Der Chef muss nur ein Gespräch beenden. Nehmen Sie einstweilen Platz.« Sie wies zur Sitzgruppe. Er setzte sich und wartete ungeduldig.

Höfer sah gerade wieder auf seine Uhr, als sich im Gang eine Türe öffnete und eine junge Frau heraustrat. Mit seligem Lächeln sah sie einen Mann an, der hinter ihr aus dem Raum kam.

Mit festen Schritten kam dieser auf Höfer zu.

»Schreiber!«, sagte er und knallte zackig die Absätze zusammen. »Worum geht es denn diesmal?«

»Nach wie vor um Mord!« Höfer war nicht gerade leise.

»Kommen Sie in mein Büro«, flüsterte Schreiber und sah sich nervös nach allen Seiten um.

»Setzen Sie sich bitte«, meinte Schreiber und schloss die Türe.

»Ich habe doch schon Ihrem Kollegen gesagt, dass der Verein mit Mord nichts im Geringsten zu tun haben kann.«

»Sehen Sie, ich habe mir in der Sperlinggasse ein altes Haus gekauft …«

»Tatsächlich? Dann sind wir vielleicht sogar Nachbarn. Ich wohne nämlich auch dort«, unterbrach ihn Schreiber.

»Schön! Nun, und bei Renovierungsarbeiten stießen wir auf zwei Leichen. Mädchen wohlgemerkt! Da dieses Haus früher im Besitz Ihres Vereins war, liegt es doch nahe, dass diese Kinder damals ums Leben kamen. Stellen Sie sich das vor, sie wurden eingemauert! Wahrscheinlich lebendig!«

Schreiber war blass geworden, seine Hände zitterten unkontrolliert.

»Um es gleich einmal vorwegzunehmen, ich kenne das Haus, wohne gegenüber. Wir sind also tatsächlich Nachbarn. Das bestreite ich nicht, Sie hätten es sowieso bald herausgefunden. Aber das mit den Leichen – wann soll denn das geschehen sein?«

»Vor fünf, sechs Jahren.«

»Hm! Um die Vorgänge im Verein habe ich mich im Detail nie gekümmert. Das sagte ich schon Ihrem Kollegen. Es könnte aber sein, dass zu dieser Zeit gerade der Umzug in das große Areal geplant war. Dabei ging es natürlich hin und wieder etwas chaotisch zu. Dass dabei aber zwei Mädchen eingemauert wurden, kann ich nur Ihrer blühenden Fantasie zuschreiben. Noch dazu lebendig. Wir sind doch nicht im tiefsten Mittelalter.«

»Wie erklären Sie sich dann, dass die eine Leiche gefesselt war und die andere tiefe Kratzspuren an den Ziegeln hinterlassen hat?«

»Ich erkläre überhaupt nichts. Dass ist Ihre Aufgabe. Ich empfinde es nur als Frechheit, unseren Verein, der nur Gutes im Sinn hat, mit derartigen Vorwürfen zu kompromittieren.«

Die Aufregung ist gespielt, dachte Höfer und bemerkte, dass Schreibers Hände immer noch zitterten. Der Mann weiß etwas, wird es aber nie zugeben. Möglich, dass er sich verplappert, wenn ich ihn mehr in Rage bringe.

»Ihr Verein hat es sich doch zur Aufgabe gemacht, Kinder, deren Eltern sich nicht um die Erziehung gekümmert haben, oder damit überfordert waren, wieder auf den richtigen Weg zu bringen. Gehört da die Prügelstrafe auch dazu?«

Schreibers Gesichtsfarbe verwandelte sich von fahlem Weiß zu dunkler Röte.

»Was erlauben Sie sich?«, schrie er. »Das wird Konsequenzen haben. Ich werde mich über Sie beschweren. Sie sollten jetzt besser gehen.«

Nun, das war nicht so gut, dachte Höfer und erhob sich. Trotzdem war er mit dem Ergebnis recht zufrieden. Einen kleinen Stich musste er aber noch anbringen.

»Was war denn mit den Ziegeln geplant, die vor dem Haus abgeladen wurden?«

Die Antwort wartete er nicht ab.

*

»Steh auf, Gerti, wir machen einen Spaziergang.«

»Hast du keine blödere Idee? Ich habe Kreuzschmerzen«, jammerte Gerti.

»Dann ist es genau das Richtige. Gehen lockert die Muskeln, bringt die Knochen wieder an die Stelle, wo sie hingehören. Du wirst sehen, nachher fühlst du dich wie neugeboren.«

»Ich habe keine Muskeln und die Knochen knirschen, wenn ich nur eine kleine Bewegung mache. Ich bleibe sitzen.«

»Wenn du das tust, wirst du hier hocken bleiben, bis dich der Himmelvater holt. Los, gib mir deine Hände.«

Unter Geächze zog Heidi ihre Freundin auf die Füße.

»So, jetzt machen wir einen Schritt und noch einen Schritt, na, das geht doch wunderbar.«

»Mein Kreuz sagt das Gegenteil«, behauptete Gerti.

»Darauf wird gepfiffen.« Wenn sich Heidi etwas einbildete, wurde das auch durchgeführt.

Das zögerliche Trippeln wurde langsam zu fast normalen Schritten.

»Na bitte!«, sagte Frau Doktor Heidi. »Es schmerzt sicher schon weniger, habe ich recht?«

»Pah! Ich gehe nur schneller, damit ich rascher wieder zu Hause bin. Wohin willst du eigentlich?«

»Zum Haus unseres netten Polizisten.« Was sie dort wollte, verriet sie nicht.

Es war kein Tagesausflug, nach einigen Minuten standen sie vor dem schönen Garten des Nachbarn, Herrn Nötig.

Wie immer stand der Besitzer in seinem Garten, schnitt hier, schnipselte dort, ganz vertieft in seine Arbeit.

»Der ist ja fast so schön wie mein Garten«, sagte Gerti bewundernd.

»Hallo!«, rief Heidi und winkte, um sich bemerkbar zu machen.

Herr Nötig blickte hoch und sein ernstes Gesicht verzog sich zu einem Lächeln, als er Heidi erkannte.

»Das ist aber nett, dass Sie wieder einmal vorbeischauen«, meinte er freudig.

»Darf ich Ihnen Gerti vorstellen? Meine Mitbewohnerin. Das heißt, ich wohne in ihrem Haus. Sie ist ebenfalls Gartenliebhaberin. Eigentlich hat sie das Haus nur gekauft, weil ihr der Garten so gefiel. Der Bau war ja eher eine Ruine, aber dank Ihres Nachbarn sieht es jetzt tip-top aus.«

»Ein netter Mann, dieser ehemalige Polizist, nicht? Vor kurzem hat er sich bei mir vorgestellt.«

Ehemaliger Polizist?, dachte Heidi. Bei uns hatte er doch so getan, als ob er immer noch im Dienst war. Merkwürdig!

»Darf ich die Damen zu einem Kaffee einladen?«, sagte Nötig höflich. »Hinter dem Haus habe ich eine schöne Terrasse.« Er zwinkerte Heidi zu.

»Gerne! Am Zaun zu lehnen, tut meinem Kreuz nicht gut.« Gerti rieb ihr Hinterteil.

»Das kenne ich«, rief Nötig. »Das ist das einzig nicht Schöne an der Gartenarbeit. Die dauernde Bückerei. Aber ich habe ein gutes Mittel dagegen. Selbst angesetzt. Ich zeige es Ihnen dann«, wandte er sich an Heidi.

»Ich habe keine Kreuzschmerzen«, blaffte sie.

»In unserem Alter ist es gut, so etwas zu besitzen. Aber kommen Sie einmal herein.«

Die Terrasse war großteils von Hecken umgeben, die den Wind abhielten. Gerti ließ sich seufzend in einen gepolsterten Stuhl nieder. Nötig verschwand in die Küche.

»Der Garten gefällt mir immer besser«, meinte Gerti und hob schnuppernd die Nase. »Allein der Geruch – wunderbar!«

»Das bildest du dir nur ein, ich rieche nichts«, sagte die Realistin Heidi.

»Der Kaffee kommt gleich!« Er schien nervös zu sein, denn Tassen und Löffel schepperten auf dem Tablett.

»Leider habe ich keinen Kuchen, ich hab's nicht so mit dem Backen«, setzte er nach.

»Soll ich Ihnen Nachhilfeunterricht geben?«, lachte Gerti. »Ich finde, Gartenarbeit und Backen gehören zusammen. Eines geht nicht ohne das andere.«

»Also, ich komme ohne dem ganz gut zurecht«, entgegnete Nötig.

»Dann haben Sie aber noch nicht die höchsten Weihen erreicht, glauben Sie mir«, sprach Gerti.

Die Unterhaltung beim Kaffee drehte sich hauptsächlich um Blumen und Gräser, was bei der gelangweilten Heidi immer wieder zu Augenrollen führte, aber das lag vielleicht auch daran, dass Nötig versuchte, sie in die Unterhaltung einzubeziehen.

Auf dem Heimweg sprach Gerti immer wieder davon, dass Nötig für einen Mann ganz akzeptabel war.

Heidi nervte das und rief endlich: »Ich schenke ihn dir, Gerti!«

*

Höfer wollte nach Schreiber gleich den nächsten Kandidaten aufsuchen. Die Ermittlungen dauerten einfach schon viel zu lange. Wenn er daran dachte, mit welcher Geschwindigkeit er so manchen Raub geklärt hatte, sollte Mord doch in ähnlicher Schnelligkeit gelöst werden können. Gut, bei Diebstahl kannte er seine Klientel ziemlich genau, wusste durch seine jahrelange Erfahrung, wie sie arbeiteten. Jeder hatte seine eigene Handschrift, das Vorgehen bei einem Einbruch zeigte ziemlich genau, wer dafür verantwortlich sein konnte.

Bei Morden schien es anders zu sein.

Trotzdem! Geduld war nicht gerade seine Stärke. Er wollte endlich den Mörder festnehmen, das heißt, Kerbl sollte ihn arretieren, er durfte ja nicht.

Höfer hielt sich an das Prozedere von Kerbl und suchte als nächsten Roland Stockl auf. Er wusste, dass es etwas dauern konnte, bis der humpelnde Mann erschien. Schließlich öffnete sich die Eingangstüre.

»Bringen Sie endlich das Paket?«, rief Stockl und der Türöffner des Gartentores summte.

Schnell war Höfer bei ihm angelangt.

»Wo ist das Packerl?«, krächzte Stockl.

»Keine Ahnung. Polizei! Ich habe noch einige Fragen an Sie«, herrschte Höfer ihn an.

»Ich habe nichts mehr zu sagen«, rief Stockl und wollte die Eingangstüre zuschlagen.

»Kommen Sie mir nicht so, das macht Sie höchst verdächtig.«

Gegen den kräftigen Körper von Höfer hatte Stockl keine Chance. Er klammerte sich an die Türe.

»Ich möchte den Durchsuchungsbeschluss sehen.«

»Hab ich nicht. Wie ich schon sagte, es sind noch einige Fragen offen. Ihre Wohnung will ich nicht auf den Kopf stellen.«

»Das sagen Sie jetzt. Aber kaum sind Sie in meinem Wohnzimmer, werden Sie sich an meinem Pfeiler zu schaffen machen. Ich sagte schon Ihrem Kollegen, bei mir gibt es keine Gerippe.«

»Aber vielleicht eine Mumie?«, fragte Höfer lauernd. Stockls an sich helle Gesichtsfarbe schien noch etwas blasser zu werden, er zitterte am ganzen Körper.

»Was unterstellen Sie mir da?« Stockls Stimme zitterte ebenfalls. »Das ist eine Frechheit. Sie sollten jetzt gehen.«

Oje! Es läuft nicht so, wie ich es mir vorgestellt habe, dachte Höfer. Möglich, dass Kerbl recht hat und man eventuellen Mördern nicht wie bei Dieben mit dem Arsch ins Gesicht fahren sollte.

»Ich bitte um Entschuldigung«, sagte er sanft. »Bin gleich weg. Sagen Sie, das muss ja ein fürchterlicher Unfall gewesen sein, den Sie erlitten haben. War es mit dem Auto?«

»Nein! Ein Absturz!«, erklärte Stockl.

»Ja, ja, in den Bergen kann es gefährlich werden, wenn das Seil reißt, oder ein Haken ausbricht. Was war es bei Ihnen?«

»Einfach ausgerutscht.« Stockls Stimme zitterte immer noch. »Von Ihnen brauche ich aber kein Mitgefühl. Wenn Sie jetzt bitte gehen …«

»Bin schon weg. Ah ja, eine kleine Frage hätte ich noch. Kennen Sie die Sperlinggasse?«

Irrte er sich, oder wurde Stockl noch blasser?

»Natürlich!«, krächzte dieser. »Ein guter Bekannter, fast ein Freund wohnt dort. Früher habe ich ihn oft besucht. Leider geht das jetzt nicht mehr.«

»Nun ja, vielleicht geschieht ein Wunder und Sie können bald ihr Haus verlassen. Einen schönen Tag noch!«

Höfer drehte sich um und ging zum Gartentor. Lieber Mann, dachte er, du hast sicher Dreck am Stecken. Ich weiß nur noch nicht, welchen.

*

Kerbl stand beim Kaffeeautomaten, als sein Boss Plesser vorbeimarschierte.

»Ach, gut dass ich Sie treffe, Kerbl. Gibt es schon irgendwelche Fortschritte im Mumienfall?«

»Nun ja, viel gibt es nicht, aber ich denke, dass wir, ich meine ich, langsam einer Klärung zuschreiten.«

»Das heißt, Höfer ist nach wie vor dabei? Wenn das nur gut geht. Leider Gottes kenne ich seine Verhörmethoden bei den Dieben und Räubern. Aber bei einem Mord muss man doch subtiler vorgehen. Offen gestanden, Kerbl, hätte ich es verbieten müssen.«

»Aber Chef, Sie wissen ja gar nicht, dass er mitmacht.«

»Sie haben recht, Kerbl.« Plesser lachte auf. »Aber Däumchen drehen wird er sicher nicht.«

»Nein, Chef. Ich habe ihn nochmals auf die Vereinsvorstände angesetzt. Ich dachte mir, in seiner burschikosen, rüpelhaften Art bringt er vielleicht den einen oder anderen dazu, etwas auszuplaudern, was uns weiterhilft. Denn die Herrschaften verschwiegen mir einiges, als ich bei ihnen war. Da bin ich mir sicher.«

»Hoffen wir das Beste. Aber Kerbl, wie gesagt, ich weiß von nichts. Ich wasche meine Hände in Unschuld.«

»Natürlich, Chef!«, sagte Kerbl. »Ist mir so klar, wie … wie eine Gemüsesuppe.«

*

Höfer stand bei Zangler am Gartentor und läutete. Nichts rührte sich. Sein Blick schweifte über den Garten, keine Menschenseele war zu sehen.

Nicht mit mir!, dachte er und hielt den Klingelknopf fest gedrückt. Gebrüll tönte aus dem Haus, dann öffnete sich die Türe und ein alter Mann schlich mühsam zu ihm.

»Polizei!«, sagte Höfer und sein Führerschein kam wieder zu Ehren.

»Das letzte Mal war aber ein anderer da«, krächzte der Alte.

»Das mag schon sein. Ich habe noch einige Fragen, Herr Zangler.«

»Der Herr ist im Salon.«

»Na, dann nichts wie hin zu ihm.« Höfer ging das Getue auf die Nerven.

»Der Herr wird aber nicht erfreut sein«, murmelte der Alte.

»Das macht nichts. Vielleicht freut er sich ja, wenn ich wieder gehe.«

Der Vorraum, den Kerbl so bewundert hatte, beeindruckte ihn nicht.

»Die Polizei!«, krächzte der Alte, nachdem er die Glastüre zum Salon geöffnet hatte.

Kaum war Höfer eingetreten, schloss sich die Türe klirrend. Auf einem Sofa saß ein Herr in einem Morgenmantel und sah ihn wütend an.

»Herr Zangler?«

»Von Zangler, wenn ich bitten darf.«

»Ah! Sie sind ein Krampfadeliger?« Solche Leute konnte er nicht ausstehen.

Zanglers Mund stand offen, seine Gesichtsfarbe nahm einen roten Ton an.

Ehe er etwas sagen konnte, fuhr Höfer fort.

»Ich brauche noch einige Auskünfte über Ihren Verein.«

»Ihrem Kollegen habe ich bereits alles erzählt, mehr gibt es nicht. Außerdem empfinde ich Ihren Ton als eine Frechheit. So können Sie im Wurstelprater sprechen, aber nicht in einem herrschaftlichen Haus.«

»Haben Sie eine Ahnung, was ich alles kann. Ich bin nicht zum Süßholzraspeln da. Je schneller und ehrlicher Sie antworten, desto rascher sind Sie mich wieder los.«

»Es gibt nichts, was ich Ihnen noch sagen könnte.«

»Oh doch! Sie werden sehen. Was meinten Sie zum Beispiel, als Sie meinem Kollegen nachriefen, Sie wären nie in dem Haus in der Sperlinggasse gewesen?«

Zangler wechselte die Gesichtsfarbe, fahlweiß starrten seine weit geöffneten Augen Höfer an. Sein Mund stand offen.

Dann läutete Höfers Handy.

Kapitel 15

In Uschis Café herrschte Ruhe. Die Mittagsgäste waren gegangen, diejenigen, die nach Arbeitsschluss rasch noch auf ein Bier oder einen Kaffee kamen, noch nicht erschienen. Allein Otto saß an einem Tisch und Uschi polierte Gläser und richtete einige Brötchen für die Abendgäste.

Otto starrte vor sich hin, aber man sah, dass es in ihm arbeitete. Etwas bedrückte ihn, etwas wollte endlich ans Tageslicht kommen. Uschi blickte mitleidig zu ihm, er starrte sie mit seinen großen runden Augen an.

»Ich bin ein Mörder«, brach es aus ihm hervor.

Die Gabel, die sie in der Hand hielt, fiel auf die Theke. Sie eilte zu ihm.

»Was redest du denn für Unsinn, Otto.« Sie umfasste seine Hände und sah ihm ins Gesicht. Tränen liefen über seine Wangen.

»Doch, doch, es stimmt«, krächzte er und umklammerte dabei ihre Hände so fest, dass es weh tat. »Ich bin ein Mörder!«

»Das glaube ich nicht«, sagte Uschi und versuchte, sich von seinen Griffen zu befreien. »Was versprichst du dir davon, mir solche Märchen zu erzählen?«

»Ich lüge nicht!« Er ließ ihre Hände los und schob Uschi ein Stück von sich. »Jahrelang habe ich versucht, es zu vergessen, aber es gelang nicht. Vielleicht wird es besser, wenn ich bestraft bin. Ruf deinen Polizisten an, damit die Qual endlich ein Ende hat.«

»Das mache ich, aber erst wenn du mir erzählt hast, wen du umgebracht hast.«

»Ruf an!«, sagte Otto und schloss die Augen.

Uschis Bemühungen waren ergebnislos, Otto saß steif da, er bewegte sich keinen Millimeter.

Endlich stand sie seufzend auf und ging zur Theke.

Sie suchte Höfers Telefonnummer. Die Kontakte beschränkten sich ja großteils darauf, dass er hier erschien, wenn es ihm passte.

Es tutete lange, endlich wurde abgehoben.

»Höfer?«

Das war ja klar gewesen. Ihre Nummer befand sich nicht in seinem Speicher.

»Ich bin's, Uschi. Pauli, du musst sofort ins Café kommen.«

»Tropft der Wasserhahn? Hab jetzt keine Zeit. Führe gerade eine wichtige Befragung durch.« Höfer klang genervt.

»Und bei mir sitzt jemand, der behauptet, ein Mörder zu sein. Er will ein Geständnis ablegen.«

Schweigen! Im Mikrofon rauschte es. Dann vernahm sie einen Hustenanfall.

»Ich komme sofort!«, krächzte Höfer.

Wie sich fünf Minuten in die Länge ziehen können. Dann ging die Türe auf und Höfer stand im Raum. Er blickte sich um.

»Ist der Mörder schon wieder gegangen?«, knurrte er verärgert.

Uschi deutete schweigend auf Otto, der versuchte, sich ängstlich in eine Ecke zu drücken.

»Das ist aber nicht euer Ernst, oder?« Grimmig baute er sich vor Uschi auf. »Deswegen lasse ich meine Befragung sausen? Dabei war ich so knapp dran«, er zeigte die Spanne mit seinen Fingern, »dass ich von dem Kerl ein Geständnis bekam. Es ist nicht zu fassen.« Wütend begann er im Kreis zu gehen.

»Otto behauptet, ein Mörder zu sein und lässt sich nicht davon abbringen«, behauptete Uschi leise. »Rede mit ihm. Aber bitte nett und freundlich. Mit deinem Geschrei hast du ihn ja wieder total verschreckt.«

»Ich schrei doch nicht herum. Ich rege mich ein wenig auf. Aus einem sehr verständlichen Grund!«, presste Höfer zwischen den Zähnen hervor.

»Bitte, Pauli, sei einmal lieb und nett, verhalte dich so, als ob du mit mir Sex haben möchtest.«

»Ich …«

»Psst!« Uschi zog ihn zu Otto hin, der sich mit geschlossenen Augen in die Ecke drückte.

»Otto, schau einmal, da ist Pauli, ein herzensguter Mensch, der halt manchmal ein wenig brummt. Aber er ist der Einzige, der dir helfen kann«, flüsterte Uschi und streichelte Ottos Kopf.

»Sag ihm, was du mir gesagt hast.«

Otto öffnete seine Augen, sah aber keinen der beiden an.

»Ich … ich bin ein Mörder!«, stotterte er.

»Das kann ich mir nicht vorstellen.« Höfer versuchte leise und freundlich zu klingen. »Was ist denn geschehen? Kannst du uns das erzählen?«

Otto sah zu Boden und schwieg.

»Komm, befreie dich von deiner Last. Lass es heraus, Otto«, flüsterte Uschi und rüttelte ihn an der Schulter.

»Zwei Mädchen!«, sagte er endlich, so leise, dass man ihn kaum verstand. »Ich hab zwei Mädchen eingemauert.«

»Also …«, rief Höfer, aber Uschi legte ihm sofort die Hand über den Mund.

»Das ist doch nur das Ende der Geschichte, Otto. Erzähle auch den Anfang. Wie ist es dazu gekommen?«, fragte Uschi sanft.

Ottos Mund bewegte sich, ohne dass ein Laut hervorkam. Dann endlich brach es aus ihm heraus.

»Ich sollte einen großen Grill im Garten von Herrn Schreiber bauen. Aus Ziegeln. Ich habe nämlich Maurer gelernt. Herr Schreiber hat immer wieder kleine Arbeiten für mich gehabt.« Otto verstummte.

»Das ist doch nichts Schlimmes, Otto. Ist doch schön, wenn du dir ein bisschen Geld verdienen kannst«, säuselte Uschi.

»So rede endlich.« Höfer konnte sich nicht halten. »Hast du die Mädchen im Grill eingemau…«

»Pauli, bitte!«, unterbrach ihn Uschi und warf ihm einen bösen Blick zu.

»Entschuldige!« Höfer legte sich demonstrativ die Hand auf den Mund.

»Es gibt ja keinen Griller«, stammelte Otto. »Die Steine wurden geliefert, aber der Fahrer hat sie blöderweise auf der anderen Straßenseite abgeladen. Wieso? Da müsst ihr einen G'scheiteren fragen. Sind doch nur noch Deppen unterwegs.« Otto schwieg wieder und starrte vor sich hin.

»Komm, Otto, rede doch«, sagte Uschi und streichelte wieder seine Schulter.

Unter vielen Stockungen und Pausen erzählte Otto weiter.

Höfer, der vor Aufregung nicht still sitzen konnte, fasste es für sich zusammen:

Danach bekam Schreiber Besuch von den Herren Stockl und Zangler. Sie fielen mit einem Wirbel in sein Haus ein, waren sehr ausgelassen, beinahe verrückt. Es wurde einiges getrunken und dann verlangten Stockl und Zangler von Schreiber, dass er seine junge Freundin zur Verfügung stellen sollte. Schreiber weigerte sich und schlug ihnen vor, das gegenüberliegende Haus zu besuchen. Er wolle den Abend in Ruhe genießen. Es gäbe noch zwei Mädchen dort, die am nächsten Tag ins große

Haus übersiedeln sollten. Bei denen könnten sie ja ihr Glück versuchen. Johlend zogen die beiden ab und nahmen Otto mit, denn die Mädchen waren nicht allein. Die Erzieherin musste auch beschäftigt werden. Für die sei Otto gut genug.

Das kann doch nicht alles sein, dachte Höfer. Otto, rede endlich weiter.

»Die waren wie verrückt. Ich glaub, es war Stockl, der in seiner Gier, endlich in das Haus zu kommen, über den Ziegelhaufen stürzte, der vor dem Haus lag, und sich das Knie blutig schlug.« Otto sprach in überraschend normalem Ton. Doch gleich darauf änderte sich sein Verhalten wieder. »Kaum waren wir im Haus, stürmten beide, also Stockl und Zangler, in den ersten Stock. Kurz darauf ging es los. Ein Mädchen wollte flüchten, aber Zangler fing sie ein, riss ihr das Nachthemd in Fetzen und zog sie in ihr Zimmer. Das Gebrüll, das Wimmern der beiden, die Schmerzensschreie hör ich heute noch.« Otto schlug sich die Hände vors Gesicht und schwieg.

»Und die Erzieherin?«, fragte Uschi nach einiger Zeit.

Otto schluchzte auf.

»Ich weiß ja nicht, was in diesen Weibern vorgeht. Erst hat sie laut protestiert, aber dann ist sie anscheinend auf den Geschmack gekommen und wollte mittun. Ich bin im Wohnzimmer gestanden, konnte mich nicht rühren. Sie kam herunter und versuchte mich zu befummeln, doch als ich sie einige Male weggestoßen habe, ging sie wieder nach oben. Vielleicht hat sie dort bekommen, was sie wollte.«

»Weshalb bist du nicht gegangen?«, fragte Höfer leise. Er konnte ja doch einfühlsam sein, dachte Uschi.

»Ich weiß es nicht. Ich konnte einfach nicht«, schluchzte Otto.

Nachdem sich Otto ein wenig beruhigt hatte, wollte Uschi wissen, was weiter geschah.

»Nach langer, langer Zeit, für mich fühlte es sich wie Stunden an, kam Zangler herunter. Er befahl mir, Ziegel zu holen. Die Mädchen seien schlimm gewesen und zur Strafe würde man sie einmauern. Ich weigerte mich das zu tun. Er lachte und meinte, nur kurz, für eine halbe Stunde, damit sie sehen, wie man sich Männern gegenüber verhalten muss. Sollte ich es nicht machen, würden sie mich anzeigen. Die Vergewaltigung von drei Frauen brächte mich für gut fünfzehn Jahre ins Gefängnis. Sie würden jeden Eid darauf schwören, dass ich das alleine getan hätte. Was sollte ich denn tun?«

Höfer hielt sich zurück. Am liebsten hätte er losgebrüllt. Stattdessen holte er tief Luft.

»Zum Beispiel dein Handy nehmen und die Polizei rufen. Du bist doch völlig unschuldig in diese Situation geraten. Egal, was die anderen behauptet hätten, die Wahrheit wäre ans Licht gekommen«, sagte er.

»So ein neumodisches Zeug konnte ich mir damals nicht leisten. Mir blieb nichts anderes übrig, als dem Befehl zu gehorchen.« Otto betrachtete seine Schuhspitzen.

»Das heißt, du hast Ziegel geholt?« Uschi sah ihn mitleidig an.

Otto nickte und erzählte weiter. Er schien froh zu sein, sich endlich alles von der Seele reden zu können.

»Die beiden Männer brachten das erste Mädchen. Es rührte sich nicht. War es schon tot, oder nur bewusstlos? Ich weiß es nicht. Man legte es in die untere Öffnung und ich … ich schlichtete die Ziegel auf.«

»Augenblick!«, unterbrach ihn Höfer. »In dem Pfeiler waren Löcher? Mir hat man gesagt, dass beim Bau der Häuser die Öffnungen schlussendlich zugemauert wurden.«

»Sie waren offen, wirklich, sonst hätten wir das ja nicht tun können. Dann kam die Erzieherin mit einer Holztafel, stellte sie davor und ich musste sie verspreizen. Damit das Kind nicht die Ziegel herausstoßen kann, sagte sie.«

»Moment!« Höfer fiel ihm ins Wort. »Die Erzieherin hat also aktiv mitgeholfen? Weißt du zufällig ihren Namen?«

Otto dachte nach.

»Hieß sie Margot?« Er zuckte die Schultern. »Oder war es Magda? Jedenfalls ein Name mit M, da bin ich mir sicher.«

»Das bringe ich schon heraus«, brummte Höfer. »Also weiter im Text.« Das kam wieder in sehr barschem Ton.

Otto sah ihn verschreckt an. Uschi begann ihn wieder zu streicheln.

»Komm, Otto, gleich hast du es hinter dich gebracht.«

»Ich weiß nicht, wo sie es her hatten«, begann er nach kurzem Schweigen. »Die Männer kamen mit einem kleinen Gerüst daher und stellten es auf. Ring frei für die zweite Runde!, lachte einer und dann brachten sie das zweite Mädchen. Das schrie und wehrte sich, die Erzieherin holte von irgendwo eine Wäscheleine und fesselte es. Der verrückte Stockl kletterte auch auf das Gerüst, um beim Ziegelschlichten dabei zu sein. Als das Loch zu war, tanzte der Narr herum und fand alles irrsinnig lustig. Ich hab mich am Pfeiler anklammern müssen, sonst wäre ich hinuntergefallen. Doch dann machte er einen falschen Schritt und lag am Fußboden. Da war es vorbei mit dem Spaß, was ich ihm vergönnte. Er schrie und heulte zum Gotterbarmen. Anscheinend hatte er sich ein Bein gebrochen und mit dem Kopf war er auf die Ziegel gefallen, die noch am Boden lagen. Jedenfalls blutete er schrecklich. Er schrie nach Rettung und nach dem Spital, aber Zangler meinte, dass sie sich das nicht leisten könnten. Sie würden ihn zu Hause verarzten. Jedenfalls waren nun alle nüchtern. Die Erzieherin hatte ihr Auto da, Zangler und ich mussten ihn einladen und dann fuhren wir zu Stockls Haus. Das Verarzten dauerte stundenlang, denn richtige Ahnung von Medizin hatte ja keiner von uns. Zangler drohte mir, ja kein Sterbenswörtchen über diese Geschichte zu erzählen und schickte mich endlich weg. Ich hatte Angst um die Mädchen und ging zu dem Haus zurück. Aber als ich die Ziegel entfernte, waren beide tot.«

»Dann hast du sie richtig mit Mörtel eingemauert?« Höfer wollte endlich zu einem Ende kommen.

»Nein! Das machte ich später. Ich erzählte Schreiber von dem Unglück, obwohl es mir Zangler verboten hat. Aber er war doch ihr Freund, deshalb sagte ich es ihm. Der regte sich fürchterlich über die Idioten auf. Dann sagte er, dass er auf den Grill verzichten wird und ich stattdessen die Mädchen anständig einmauern soll. Niemand wird jemals draufkommen, dass in diesem Pfeiler Leichen liegen, sagte er mit einem Grinsen. Die drei werden anständig dafür bezahlen müssen, aber du bist fein raus. Als ob ich das je vergessen könnte.«

Otto seufzte laut auf, aber man sah ihm an, er war froh, dass diese Last endlich von seinen Schultern genommen war.

»Der Kerl hat nicht mit mir gerechnet«, brummte Höfer.

»Was geschieht jetzt weiter?« Uschi bemühte sich noch immer um Otto.

»Ich rufe Kerbl an.«

*

Den ganzen Nachmittag freute sich Kerbl auf das Abendessen. Seine Freundin Babsi hatte versprochen, sein Lieblingsessen wieder einmal zuzubereiten – Schweinsbraten mit Semmelknödel und viel Saft.

Allein wenn er daran dachte, lief ihm das Wasser im Mund zusammen.

Was man von der Aufklärung des Falles der zwei eingemauerten Mädchen nicht sagen konnte. Wenn er seine Notizen durchblätterte, fühlte sich seine Kehle immer trockener an.

Wenn ihm in zwei, drei Tagen der Major seine Ermittlungen mitteilte und, wie er glaubte, keinerlei Fortschritte zu erkennen waren, würde er den Akt als unaufgeklärten Fall im Keller ablegen. Auch wenn der Major dagegen protestierte, auch wenn er seinen Freund Chefinspektor Plesser dazu animierte, auf ihn Druck auszuüben, damit weiter ermittelt wurde, er sah keinen Sinn darin.

Zwar ärgerte er sich maßlos, dass dadurch seine Aufklärungsquote einen schwarzen Punkt bekam, aber sich sinnlos im Kreis zu drehen, war ja auch nicht erstrebenswert.

Sei es, wie es sei, dachte er, wenn schon kein Erfolg, dann zumindest ein Schweinsbraten. Der wiegt viel auf.

Er schob die Papiere in den Ordner und überlegte, ob er sich in Vorfreude auf den Abend ein Bier leisten sollte. Da klingelte sein Handy. Was wollte denn der Major von ihm?

»Kommen Sie bitte rasch in Uschis Café auf der Hauptstraße«, sagte Höfer drängend.

Was sollte er dort? »Hat die Dame auch ein Bier?« Es war das Einzige, was ihm dazu einfiel.

»Hat sie! Aber Sie werden an etwas anderem zu schlucken haben. Ich habe hier einen Mann sitzen, der behauptet, ein Mörder zu sein.«

Verdammt! Sein Abendessen!

»Ich komme!« Das Kaffeehaus war ja nicht weit entfernt. Zu Fuß war man schneller dort.

*

Es befanden sich nur drei Personen in dem Lokal. Höfer, eine Kellnerin und ein auf ihn debil wirkender Mann.

»Haben Sie den Mörder wieder gehen lassen, oder ist er am Klosett?« Kerbl sah sich suchend um.

»Da sitzt er.« Höfer wies auf Otto.

»Wollen Sie mich verarschen?«, ärgerte sich Kerbl. »Gibt es heute eine Märchenstunde nur für geladene Gäste? Seien Sie mir nicht böse, aber da habe ich Besseres vor. Meine Freundin kocht heute mein Lieblingsgericht und das will ich unter keinen Umständen versäumen. Ich brauche also keine Fantastereien. Wen will er denn umgebracht haben?«

»Die beiden Mädchen, die wir in meinem Haus gefunden haben.«

Kerbl schwieg und starrte ihn an.

»Haben Sie ihm vorher davon erzählt? Dann wäre es kein Wunder, dass er jetzt etwas nachplappert«, ereiferte er sich.

»Kein Wort!« Höfer rollte die Augen. »Ich verstehe Sie ja … Uschi, bringst du dem Inspektor ein Bier? Zur Abkühlung!«

Kerbl setzte sich an den Tisch und trommelte mit den Fingern auf die Platte.

»Als Otto zu erzählen begann, habe ich ihm auch nicht geglaubt. Aber er weiß viele Details und hat auch die Namen der Beteiligten genannt, die eigentlich die Übeltäter sind. Denn dass er der Mörder ist, bildet er sich wirklich nur ein.«

»Ade, herrlicher Schweinsbraten«, seufzte Kerbl und wandte sich zu Höfer. »Hätte er Ihnen das nicht auch morgen sagen können?«

*

Voll Ärger stapfte Kerbl zurück zur Inspektion, begleitet von Höfer, dem angeblichen Mörder, von dem der Major behauptete, keiner zu sein, und der Kellnerin, die das Lokal ohne Nachfrage bei ihrem Chef einfach geschlossen hatte.

Die Frau hatte sich bei Höfer und Otto eingehakt. Lief da was zwischen ihr und dem Major? Er hatte das unbestimmte Gefühl, dass es so war.

In seinem Büro befreite er zwei Sessel von Aktenstapeln, holte aus einem Nebenraum einen weiteren und setzte sich dann vor seinen Laptop.

»Name?«, fragte er Otto.

»Otto«, war die Antwort.

»Und wie weiter? Haben Sie einen Ausweis?«

Schulterzucken! Dann kam die gelispelte Antwort: »Der liegt irgendwo.«

»Aber Sie wissen doch Ihren Nachnamen?«

Otto setzte ein schüchternes Grinsen auf und nickte.

»Depplinger!«

Der richtige Name für den richtigen Mann, dachte Kerbl.

»Nun, Herr Depplinger, dann sagen Sie mir, was Sie getan oder gesehen haben.«

»Ich ... ich ...«, stotterte Otto und sah sich hilfesuchend zu Uschi um.

»Darf ich Ihnen das sagen? Otto tut sich manchmal beim Reden schwer«, mischte sie sich ein.

»Wer sind eigentlich Sie?«, regte sich Kerbl auf.

»Uschi Mores, die Kaffeehausbesitzerin. Außerdem eine gute Bekannte von Major Höfer.«

»Herr Kerbl!«, fing dieser nun an. »Otto hat uns beiden genau erzählt, was an diesem verhängnisvollen Abend geschah. Vielleicht darf ich Ihnen das so zu Protokoll geben, wie er es uns sagte, denn ich glaube, Otto fühlt sich dazu nicht mehr in der Lage.«

Kerbl seufzte, nickte dann aber.

Höfer begann zu reden und Kerbl tippte auf seiner Tastatur. Erschreckend, was sogenannte ehrenvolle Männer glaubten, sich erlauben zu dürfen. Hatte er doch recht mit seiner Ahnung gehabt. Und vielleicht ging sich der Schweinsbraten nun doch noch aus.

Er ließ alle drei das Protokoll unterzeichnen.

»Ich glaube nicht, dass Sie größere Probleme bekommen werden, Herr Depplinger, aber das hat der Richter zu entscheiden«, meinte er.

»Otto, sagen Sie Otto zu mir. Alle tun das.«

»Ah ja, beinahe hätte ich es vergessen. Wo wohnen Sie, Otto?«

Er ärgerte sich wieder, denn das hätte auch ins Protokoll gehört.

»Überall!«, erklärte dieser.

»Das geht nicht. Ich brauche eine feste Wohnadresse von Ihnen, Otto, sonst muss ich Sie im Arrest festhalten.«

»Otto wird in der nächsten Zeit bei mir wohnen«, mischte sich Uschi ein und diktierte Kerbl die Adresse.

Höfer war das nicht recht, wagte aber keinen Protest.

*

Uschi brachte Otto zu ihrer Wohnung. Höfer begleitete sie in der Hoffnung, dass sie bei ihm übernachtete, oder gar länger blieb.

Zu seiner Freude brauchte es keine Überredungskünste. Sie zeigte Otto in der Wohnung die einzelnen Räume, erklärte ihm, was er benutzen durfte und was für ihn tabu war.

»Morgen komme ich wieder, Otto. Im Kühlschrank gibt es zu essen, dann legst du dich nieder und schläfst lange. Du schaffst das schon.«

Dann hakte sie sich bei Höfer ein.

»Komm! Heute war ein schwerer Tag. Zeit, dass auch wir ins Bett kommen.«

Höfer ließ das Auto bei ihrem Kaffeehaus stehen. Schweigend wanderten sie durch die Straßen. Ihm ging Otto aber nicht aus dem Sinn. Uschi wahrscheinlich ebenso.

»Sag mir die Wahrheit, Uschi«, begann er mit einen Mal. »Hast du Otto beauftragt, mir nachzuschleichen und nachzuspionieren? Ich habe ihn öfter in meiner Nähe gesehen und jedes Mal, wenn ich versuchte, ihn anzusprechen, nahm er Reißaus.«

»Warum glaubst du das?« Sie schien ein wenig verärgert zu sein. »Ich weiß doch, wie du bist.«

Höfer schwieg und auch Uschi hing ihren Gedanken nach.

»Ich denke«, begann sie nach einigen Minuten, »Otto trug schon länger den Gedanken mit sich, dir von diesen Morden zu erzählen. Im letzten Augenblick verließ ihn aber immer der Mut und er lief weg.«

»Du könntest recht haben. Ja, so wird es gewesen sein. Entschuldige, dass ich dich verdächtigt habe. Geh ein bisschen schneller, ich bin verdammt müde und freue mich, endlich ins Bett zu kommen.«

Kapitel 16

»Diese Erzieherin geht mir nicht aus dem Kopf«, sagte Heidi. »Und dass der nette Polizist so eindringlich nach ihr gefragt hat. Wir sollten noch einmal mit ihr reden.«

»Der nette Polizist, der gar keiner ist, wie sein Nachbar gesagt hat. Der uns praktisch die Renovierung unseres Hauses aufgedrängt hat. Möglicherweise ist er ein Mafioso, der damit Geldwäsche betreibt. Man liest doch immer wieder in den Zeitungen davon. Anschließend wird man dann erpresst und muss horrende Zinsen zahlen. Der Mann kommt mir unheimlich und nicht nett vor.«

»Aber das Haus findest du jetzt schon schön, oder? Ich glaube, du solltest auch keine Krimis mehr lesen. Außerdem – seine Arbeiter waren Kroaten und keine Italiener.«

»Auch dort gibt es die Mafia«, brummte Gerti.

»Also ich vertraue ihm. Du wirst angenehm überrascht sein, wenn er die Rechnung präsentiert.«

Heidi schwieg und nahm dann einen weiteren Anlauf.

»Deswegen möchte ich noch einmal mit dieser Frau Stranzinger reden. Wo sie überall gearbeitet hat. Vielleicht auch dort, wo jetzt der Polizist wohnt? Das wäre sicher interessant für ihn.«

»Du hättest zur Polizei gehen sollen, Heidi«, grummelte Gerti. »Und nicht Strickwarenverkäuferin werden.«

»Ja, ja, Frau Papierhändlerin. Also, wie ist es? Kommst du mit oder muss ich alleine gehen?«

»Nun gut!« Gerti stieß einen Seufzer aus. »Ich bin dabei. Damit die arme Seel a Ruh hat.«

*

Trotz seiner Müdigkeit konnte Höfer nicht einschlafen. Otto rumorte in seinem Kopf. Es war nicht, weil durch sein Geständnis die Mädchenmorde endlich geklärt waren, auch nicht, weil man nur mehr von den Beteiligten die Aussagen und Schuldbekenntnisse brauchte, seine nicht vorhandene Wohnadresse bereitete ihm Sorgen. Uschi lag zwar jetzt neben ihm im Bett, doch wie lange hielt sie das durch, zwischen ihm und Otto hin und her zu pendeln?

Er hatte sich vorgestellt, dass sie einige Tage bei ihm verbrachte, als Test sozusagen, damit sie herausfanden, ob zwei Menschen im fortgeschrittenen Alter ein gemeinsames Leben führen konnten.

Nun wohnte Otto bei ihr und sie würde ihn bemuttern wollen.

Erst wenn alle Beteiligten vor Gericht saßen, konnte man Otto wieder in die freie Wildbahn entlassen.

Das sollte so rasch als möglich geschehen. Das Dumme war nur, dass er selbst keine Gelegenheit dazu hatte. Er brauchte dazu Kerbl, fürchtete aber gleichzeitig, dass dieser den Ausreden der Mörder nicht gewachsen war. Auf alle Fälle musste er dabei sein.

Chefinspektor Plesser war sein Freund, einer der wenigen, die er hatte. Dieser könnte aber die allergrößten Schwierigkeiten bekommen, wenn ein gefinkelter Verteidiger bei Gericht darauf hinwies, dass eine Privatperson bei den Vernehmungen dabei gewesen ist. Offiziell wusste Plesser nichts von seiner Tätigkeit und dabei sollte es auch bleiben.

Er beschloss, es so wie bisher zu machen. Ohne auf Proteste zu achten einfach mitzugehen. Kerbl hatte sich schon so an ihn gewöhnt, dass es ihm sicher gar nicht auffiel.

*

Abteilungsinspektor Kerbl klopfte an Plessers Bürotüre und trat ein.

»Na, Kerbl, gibt es endlich Fortschritte bei Ihren Ermittlungen?«

»Der Fall ist so gut wie geklärt«, sagte Kerbl stolz.

»Jetzt überraschen Sie mich aber«, lächelte Plesser.

»Ich habe einen Zeugen gefunden … naja, eigentlich war es Höfer, der ihn … nein, stimmt auch nicht. Es war eine Kaffeehausbesitzerin auf der Hauptstraße, die …« Kerbl holte tief Luft. »Es ist ein bisschen kompliziert. Die Frau, mir scheint, sie ist die Freundin von Höfer, hat einen Gast, mir kommt er ein wenig debil vor, also dieser Gast hat ihr gegenüber gestanden, dass er ein Mörder sei. Sie hat daraufhin Höfer angerufen, der hat sich die Geschichte angehört und danach mich verständigt. Ich bin sofort in das Café, habe mir alles erzählen lassen und dann sind wir auf den Posten gegangen und ich fertigte das Protokoll aus. Wollen Sie es lesen?«

Plesser winkte ab.

»Im Augenblick nicht. Sitzt der Mörder schon in U-Haft?«

»Nein! Dieser Otto ist nicht der wirkliche Mörder. Man hat ihn gezwungen, sozusagen das Finale, die Einmauerungen vorzunehmen. Die wahren Mörder kommen leider aus den Reihen der Stützen unserer Gesellschaft, aus dem Vorstand des Vereins Girlshelp.«

»Ah, da schau her. Ich sag's ja immer, man sollte keine Männer über junge Frauen und Mädchen bestimmen lassen. Sind die Herren schon vernommen worden? Was sagen sie zu den Anschuldigungen?«

»Noch nicht. Ich habe da ein weiteres Problem und das heißt Höfer. Der will doch sicher seinen Senf dazugeben, wenn ich sie mir vornehme. Ich glaube, der steht sehr auf diese Uschi und die wiederum hat diesen Otto in ihr Herz geschlossen. Was soll ich jetzt tun, Chef?«

»Hrmm!«, äußerte sich Plesser. »Hrmm! Das ist wirklich ein Problem. Ich kenne Freund Höfer. Der lässt sich nicht davon abhalten, das selbst in die Hand zu nehmen, wenn wir ihn ausschließen. Da könnten wir ein großes Debakel erleben. Er ist schließlich Zivilist. Hrmm! Ich würde vorschlagen, Kerbl, Sie nehmen ihn mit und versuchen, ihn ein wenig einzubremsen. Drehen Sie es so, dass Sie das Verhör führen und er nur ein Stichwortgeber bleibt. Sie schaffen das schon. Ah ja, und merken Sie sich, von diesem Vorhaben wurde ich nicht in Kenntnis gesetzt.«

*

Kerbls Handy läutete. Wie nicht anders erwartet, war es Höfer.

»Na, haben Sie den ersten Verdächtigen schon vernommen? Wie verteidigt er sich?«

»Herr Major!« Kerbl seufzte. »Sie kennen doch die unerledigten Aktenberge in meinem Büro. Ich bin einfach noch nicht dazu gekommen. Aber ich werde bestimmt am Nachmittag den Ersten der Verdächtigen befragen. Am Abend kann ich Ihnen dann berichten.«

»Das ist gut. Ich meine, dass Sie noch nicht begonnen haben. Ich muss bei den Verhören unbedingt dabei sein.«

Ein wenig muss ich ihn schon zappeln lassen, dachte Kerbl.

»Herr Major, Sie wissen so gut wie ich, dass es nicht möglich ist. Eine Zivilperson bei einer Befragung, das wäre ein gefundenes Fressen für die Verteidigung, sollte es zu einer Gerichtsverhandlung kommen. Das kann ich nicht verantworten.«

»Aber Kollege!«, begann Höfer zu säuseln. »Wir haben es doch bis jetzt immer so gehandhabt und niemand hat sich beschwert. Ich verspreche, mich ganz ruhig zu verhalten. Das Verhör führen selbstverständlich Sie ganz allein. Ich muss nur dabei sein, nennen Sie es Ehrerbietung der toten Mädchen gegenüber.«

Kerbl schwieg. Eine Kunstpause, als ob er gründlich darüber nachdenken würde.

»Also gut, Herr Major«, sagte er schließlich. »Ich nehme es auf meine Kappe. Ich hoffe nur, mein Chef erfährt nichts davon. Aber Sie müssen mir versprechen, bei den Befragungen nichts eigenmächtig zu unternehmen, ist das klar?«

»Ich verspreche es«, schwor Höfer und kreuzte dabei zwei Finger.

»Gut! Wir nehmen uns als Ersten den Schriftführer Stockl vor. Soll ich Sie abholen?«

»Bitte! Es schaut unverfänglicher aus, wenn wir mit einem Auto kommen. Wann?«

»Fünfzehn Uhr!«, sagte Kerbl und legte auf.

*

»Ich sagte Ihnen ja bei unserem letzten Treffen, dass ich sicher noch einige Fragen hätte, Herr Stockl. Zu meiner Unterstützung habe ich Kollegen Höfer mitgebracht.«

Sie standen beim Gartentor von Stockls Haus.

»Und ich habe gesagt, dass ich mit Ihnen nicht mehr reden will.«

»Der Verdacht erhärtet sich gerade, Herr Kollege«, schnarrte Höfer.

»Was für ein Verdacht?«, schrie Stockl.

»Sollen wir das wirklich hier am Gartenzaun erörtern, wo alle Nachbarn mithören können?«, meinte Kerbl lächelnd.

»Na, dann kommen Sie herein«, brummte Stockl und drückte den elektrischen Türöffner.

Auf den Stock gestützt humpelte er ihnen voran ins Wohnzimmer.

»Das ist ja wirklich eine scheußliche Verletzung, die Sie da haben«, meinte Kerbl mitfühlend. »Wie ist sie denn geschehen? Das letzte Mal habe ich ganz darauf vergessen zu fragen.«

»Bin abgestürzt«, brummte Stockl.

»Da sind Sie sicher sehr lange im Spital gelegen. Wann war das denn ungefähr?«

»Fünf, sechs Jahre vielleicht.«

»Interessant!«, mischte sich Höfer ein. »Für diesen Zeitpunkt gibt es keinen Aktenhinweis von Ihnen im Spital.«

»Es kann auch länger her sein. So etwas merke ich mir nicht.«

»Tatsächlich ist es so, dass der Name Stockl im Mödlinger Spital überhaupt nicht existent ist.«

»Ich … ich … verdammt! Ich war bergsteigen in Tirol, dort passierte es. Oder war es in Kärnten?«

»Herr Stockl!«, lächelte Kerbl. »Ich bin mir sicher, es war in Mödling, in der Sperlinggasse.«

»Was? … Wer? … Dort war ich nie!«, stammelte er.

»Packen Sie endlich aus«, fuhr ihn Höfer an. »Ihr Kollege war eindeutig gesprächiger als Sie.«

»Welcher Kollege? Hab keinen Kollegen!«

Er drehte sich zur Seite und starrte in die Zimmerecke.

»Ja, ja, es muss schwer sein«, sinnierte Kerbl. »Erst fällt man vom Gerüst, dann darf man nicht ins Spital, um die Verletzungen anständig behandeln zu lassen und dann wenden sich die Freunde ab, lassen einen allein dahinvegetieren.«

»Das stimmt ja nicht!«, schrie Stockl. »Auf die ist Verlass! Mathilde kommt regelmäßig vorbei und behandelt meinen Fuß. Und die anderen schießen regelmäßig etwas zu meiner Pension zu. Sonst könnte ich hier ja nicht leben.«

»Die Frau Stranzinger behandelt sie regelmäßig?«, mischte sich Höfer ein, was ihm einen verwunderten Blick Kerbls eintrug.

»Erzähle ich Ihnen später«, meinte Höfer.

»Herr Stockl!«, drängte Kerbl. »Langsam wird es Zeit, ein Geständnis abzulegen. Wir wissen, was geschehen ist und vor Gericht macht es einen guten Eindruck, wenn man sich reuig zeigt.«

In Stockls Gehirn arbeitete es.

»Na los! Befreien Sie sich. Sie werden sehen, danach fühlen Sie sich um einiges leichter«, sprach ihm Kerbl gut zu.

»Es war einfach nur eine blöde Geschichte«, schrie Stockl. »Die jungen Mädchen – aber glauben Sie mir, ich hab nur zugesehen.«

»Ja, ja, und beim Zusehen fällt man vom Gerüst und verletzt sich. Lassen Sie sich was Besseres einfallen«, ätzte Höfer.

In Stockls Augen sammelten sich mit einem Male Tränen und liefen über seine Wangen.

»Ich weiß nicht, was damals über uns gekommen ist«, schluchzte er. Mit gesenktem Kopf begann er leise, fast flüsternd zu erzählen.

Zangler und er verbrachten in einem Lokal einen feuchtfröhlichen Nachmittag, erzählte er, ein fremder Gast bot ihnen Pillen an, die sie in ihrem Übermut sofort zu sich nahmen. Dann gingen sie zu Schreiber. Woher das plötzliche Verlangen nach Sex kam, wusste er nicht. Schreiber erklärte seine junge Freundin zum Tabu und verwies auf das gegenüberliegende Haus des Vereins, wo nur mehr zwei Mädchen samt Erzieherin lebten.

»Natürlich gingen wir hinüber, mussten aber Schreibers Maurer, einen halbdebilen Idioten, mitnehmen. Hannes wollte anscheinend mit seiner Freundin allein sein«, meinte er.

»Und dann ging der Spaß richtig los«, knurrte Höfer.

»Was weiter geschah, daran habe ich nur mehr nebelhafte Erinnerungen.«

»Wie hat sich denn die Erzieherin verhalten?«, fragte Kerbl.

»Ach die!« Ein leichtes Lächeln zeigte sich in den Zügen Stockls. »Zuerst protestierte Mathilde, dann sah sie zu und schließlich wollte sie auch bedient werden. Wer dann auf die verfluchte Idee kam, die Mädchen wegen ihrer Prüderie und des ewigen Gejammers zu bestrafen, kann ich nicht sagen. Jedenfalls hätte ich heute zwei gesunde Beine und kein zerschnittenes Gesicht, wenn wir diese Blödheit nicht gemacht hätten.«

»Mit einem Wort, es ist dumm gelaufen«, knurrte Höfer. »Schließlich habt ihr den armen Maurer dazu gezwungen, die Ziegel aufzuschichten, was bei ihm einen seelischen Schock auslöste, an dem er heute noch leidet. Tolle Burschen seid ihr!«

»Nützt es etwas, wenn ich sage, dass es mir leid tut?«

Höfer schüttelte den Kopf.

»Nachdem die Wahrheit endlich ans Licht gekommen ist, wie fühlen Sie sich jetzt?«, fragte Kerbl.

»Beschissen!«, erklärte Stockl.

Kapitel 17

Am nächsten Tag war Zangler an der Reihe. Nach dem üblichen Procedere, ob man sie einlassen durfte oder nicht, standen Höfer und Kerbl im Salon. Auch diesmal lag der Hausherr in einem Morgenmantel auf dem Sofa. Erhob er sich jemals davon, fragte sich Kerbl.

Natürlich stritt er vorerst alles ab, dann schob er die Schuld Stockl zu, um gleich darauf Hannes Schreiber als eigentlichen Initiator zu bezichtigen.

Letztlich blieb es ihm aber nicht erspart, alles zu gestehen.

»Jetzt brauche ich wenigstens kein Schweigegeld mehr an Stockl zahlen«, meinte er.

Ein richtiges Herzchen ist dieser Mann, dachte Kerbl.

Plötzlich öffnete sich die Türe und ein Dienstmädchen, mit einem Tablett beladen, kam herein.

»Frühstück, lieber Eugen«, flötete die Frau.

Als sie Kerbl und Höfer sah, ließ sie vor Schreck das Tablett fallen und versuchte ihre Blößen mit den Händen zu verdecken. Das war auch notwendig, denn außer der weißen Diestmädchenhaube hatte sie nur eine Schürze aus Spitzen am Körper.

»Sind Sie nicht Frau Stranzinger?« Höfer war perplex.

So schnell hatte sich der gemütliche Herr Zangler noch nie auf die Beine gestellt. Er schlüpfte aus seinem Morgenmantel und hängte ihn ihr schützend um.

»Ein schlechter Zeitpunkt, meine Liebe«, meinte er besänftigend.

»Oh, der ist gut, der Zeitpunkt. Erspart uns eine Menge.« Höfer rieb sich vergnügt die Hände.

»So können wir gleich ein weiteres Geständnis aufnehmen.«

»Was soll ich denn gestehen?«, keifte Stranzinger. »Dass ich mit meinem Freund Eugen manchmal Sex habe?«

»Um Sex geht es, liebe Frau«, sagte Kerbl. »Aber um den vor fünf Jahren, als zwei Mädchen zu Tode kamen.«

»Sie brauchen erst gar nicht zu leugnen, wir haben schon die Geständnisse«, schaltete sich Höfer ein.

»Meinen Sie den Vorfall an meinem letzten Arbeitstag? Die Mädchen waren doch selbst schuld. Niemand will sich an Recht und Ordnung halten. Die reißen von zu Hause aus, um etwas zu erleben, doch wenn es so weit ist, beginnen sie Zeter und Mordio zu schreien. Ich kann doch nicht die halbe Gasse durch deren Gebrüll aufwecken.«

»Was haben Sie getan?«, wollte Kerbl wissen.

»Ich habe versucht, sie zu sedieren.«

»Mit einer Spritze?«

»Nein! Druck auf die Halsschlagader. Bei der einen hat es funktioniert, bei der anderen nicht. Die hat sich noch gewehrt, als wir sie zur Mauernische brachten. Ich habe ihr jede Menge Papiertaschentücher in den Rachen gestopft. Sonst sollte ihnen ja nichts geschehen. Das Dumme war, dass sich Roland verletzte. Wir mussten ihn nach Hause bringen und verarzten. So ist viel Zeit vergangen.«

Sie zuckte mit den Schultern.

»Was soll's! Die Welt wird sich auch ohne sie weiterdrehen.«

*

»Ich verstehe es nicht«, sagte Heidi zu Gerti, die im Garten mit der Spitzhacke ein kleines Beet bearbeitete.

»Was ist denn jetzt schon wieder?« Gerti richtete sich mühsam auf.

»Diese Frau macht mich wahnsinnig. Andauernd ist sie mir über den Weg gelaufen und hat mich jedes Mal mit ihren wirren Ideen über Gedächtnistraining und anderem Quatsch gequält. Jetzt, wo ich sie suche, ist sie wie vom Erdboden verschwunden. Jedes Mal, wenn ich einkaufen gehe, sehe ich in der Gemüseabteilung, bei Fleisch und Wurst und beim Brotregal nach, ob sie nicht irgendwo einen Vortrag hält. Ich bin sogar ein paar Mal bei ihrem Haus vorbeigegangen, aber nichts, keine Spur von ihr.«

»Sei doch froh, Heidi. Die Dame ist sogar mir ziemlich auf den Wecker gegangen, und ich halte viel aus.«

»Aber wir wollten doch ihren Vornamen herausfinden, der nette Polizist kann ihn sicher brauchen.«

»Dann muss er halt selbst ein wenig arbeiten, statt nur spazieren zu gehen. Ist schließlich sein Beruf.«

»Wie kannst du nur so herzlos reden, Gerti. Er hat schon so viel für uns getan. Ohne ihn lebten wir noch immer auf einer Baustelle. Da könnten wir uns doch ein wenig erkenntlich zeigen.«

»Das mache ich erst, wenn er uns die Rechnung präsentiert hat und wir nicht vor Schreck tot umfallen.«

»Ich bitte dich!« Mehr wollte Heidi dazu nicht sagen, denn auch in ihrem Hinterkopf kreiste die Frage, wie sie diese Kosten bezahlen konnten. Trotzdem fand sie es richtig, ein wenig hilfsbereit zu sein.

»Was kann hinter diesem Buchstaben M stehen, Gerti? Hast du eine Idee?«

Gerti seufzte auf.

»Da gibt es viele Möglichkeiten. Magda, Marion, Margareta … nein, wenn ich sie so vor mir sehe … Mechthild! Das ist der richtige Name für sie. Mechthild Stranzinger, ja, das passt zu ihr.«

»Du bist ein Schatz, Gerti«, jubelte Heidi. »Diesen Namen sagen wir unserem Polizisten. So, und jetzt helfe ich dir ein wenig bei der Gartenarbeit.«

»Bitte nicht!«, murmelte Gerti und zog die Stirne kraus.

*

Als sie bei Schreibers Firma einlangten, gingen Höfer und Kerbl stracks zu seinem Büro.

»He!«, schrie die Empfangsdame und lief ihnen nach. »Sie können doch nicht …«

»Wir können!«, sagte Kerbl und hielt ihr seinen Ausweis unter die Nase.

Höfer öffnete bereits die Türe.

Schreiber stand mitten im Raum in engem Kontakt mit einer jungen Frau.

»Was?«, regte er sich auf, doch als er Kerbl erblickte, glätteten sich seine Züge. »Sie schon wieder, Herr Kommissar?«

Er gab der jungen Frau einen Klaps auf das Gesäß.

»Gute Arbeit, Helen, nur weiter so.«

Die Frau machte, dass sie aus dem Zimmer kam.

»Was wünschen Sie denn heute von mir, Herr Kommissar?«

»Eigentlich nur mehr ein Geständnis«, blaffte Höfer.

»Was soll ich denn gestehen?«, lachte Schreiber. »Helen ist volljährig. Dass ich junge Frauen bevorzuge, ist doch kein Verbrechen.«

»Das stimmt, wenn sie nachher nicht eingemauert werden«, knurrte Höfer.

Schreiber wurde aschfahl im Gesicht.

»Wer wärmt denn da alte Gerüchte wieder auf? So ein Unsinn! Darüber haben wir doch schon einmal gesprochen«, stotterte Schreiber.

»Ja. Aber mittlerweile haben Zangler und Stockl gestanden«, mischte sich Kerbl ein. »Jetzt fehlen nur noch Sie.«

»Diese Idioten!«, schrie Schreiber und hieb auf den Tisch. »Hören Sie, ich kann Ihnen dazu nichts sagen, ich war ja nicht dabei.«

»Das sagen Sie. Aber stimmt das auch?«

»Hat denn einer dieser Volltrotteln behauptet, dass ich dabei war? Dann lügt er. Ich habe beide hinausgeschmissen, weil ich mit meiner Freundin allein sein wollte. Dafür, dass sie dann in das gegenüberliegende Haus einfielen, kann ich ja nichts.«

»Schon wieder eine Lüge«, stellte Höfer fest.

»Wer behauptet das?«

»Ihr Maurer!«

»Verdammt! Dieser Depp! Auf den habe ich mich nur eingelassen, da er mir leid tat. Das habe ich nun davon.« Es klang resignierend.

»Ja, ja, wer Gutes tun will, macht es nicht immer. Der arme Kerl leidet noch immer unter diesem seelischen Schock«, stellte Höfer fest.

»Also gut. Ich gebe zu, dass ich diesen Vorschlag gemacht habe. Aber dass es so aus dem Ruder lief, können Sie mir nicht anhängen. Morde waren sicher nicht geplant.«

»Doch sie sind geschehen. Dann kamen Sie auf die glorreiche Idee, die Leichen verschwinden zu lassen, indem sie eingemauert wurden. Sie hätten den Vorfall auch melden können.«

»Freunde kann man nicht einfach verraten«, meinte Schreiber.

»Damit wird man dann zum Mittäter«, sagte Kerbl vorwurfsvoll. »Ob sich das auszahlt?«

»Weil Sie davon reden«, Schreiber stieß ein hohles Lachen aus.

»Auf der einen Seite rentiert es sich. Ich muss ihnen keinen Cent mehr zuschießen.«

»Sie haben ihnen Schweigegeld bezahlt? Wofür? Hätte es nicht umgekehrt sein müssen?«, erregte sich Höfer.

Schreibers Lachen war freudlos.

»Das dachte ich anfangs auch. Aber die Verletzungen Rolands kosteten viel Geld, das er nicht hatte, und der noble Herr Zangler besitzt außer seinem angeblichen Adelstitel nichts.«

»Und die Erzieherin, wurde die auch bedacht?«, fragte Kerbl neugierig.

»Nein! Von ihr weiß ich nur, dass sie Roland lange betreute.«

»Nun gut, Herr Schreiber«, sagte Kerbl und klappte sein Notizbuch zu. »Ich bitte Sie, morgen auf der Inspektion zu erscheinen, um das Protokoll zu unterzeichnen. Ah ja, noch etwas. Bitte, ver…«

»…lassen Sie nicht die Stadt. Das kenne ich aus Kriminalfilmen, richtig?« War es Galgenhumor, oder war Schreiber wirklich froh darüber, dass endlich alles ans Tageslicht kam?

»Ganz genau! Also dann bis morgen.«

*

Kerbl dachte an die viele Arbeit, die vor ihm lag, als er in die Inspektion zurückkehrte. Viel lieber wäre er auf ein Bier gegangen, aber einen Computer, der auf Befehl alles selbst schrieb, gab es noch nicht.

Das bedrückte ihn und so sah auch seine Miene aus, als ihm zufällig Plesser begegnete.

»Na, Kerbl, was ist los? War der Zeuge doch nicht so zuverlässig, wie Sie hofften? Stehen die Ermittlungen wieder am Anfang?«

»Nein, Chef, alles in Ordnung.«

»Aber?«

»Die vier beteiligten Personen haben alle gestanden und das freut mich, denn eigentlich hatte ich nicht damit gerechnet, diese Morde je aufzuklären. Aber jetzt muss ich die Protokolle schreiben, eine Arbeit, die mir so gar nicht liegt. Ich würde den Erfolg lieber mit einem Bier feiern. Stattdessen sitze ich jetzt stundenlang am Computer.«

»Es ist doch schön, wenn man sich wieder einen Erfolg an die Federn heften kann. Was zählt da schon ein bisschen Schreiberei? Sagen Sie, wie hat sich denn mein Freund Höfer verhalten? Hatten Sie ihn unter Kontrolle?«

»Ich muss sagen, eigentlich haben wir uns gut ergänzt. Schade, dass er nicht mehr im Dienst ist.«

»Dann wäre er aber sicher nicht in Mödling gelandet«, lachte Plesser. »Na, dann schreiben Sie mal schön. Dafür lasse ich Ihnen eine Dose Bier zukommen.«

Kapitel 18

Das Telefon läutete.

»Bin ich richtig bei Abteilungsinspektor Kerbl? Direktor Hauser hier. Sagen Sie, sind Sie wahnsinnig? Sie können doch nicht meinen ganzen Vereinsvorstand hinter Gitter bringen. Noch dazu nur auf das Geschwafel eines debilen Idioten. Ich verlange, dass sie sofort freigelassen werden.«

»Herr Hauser, Sie vergessen, dass alle ein Geständnis abgelegt haben.«

»Ja, wahrscheinlich, weil sie gefoltert wurden. Da gäbe auch ich alles zu, nur damit der Schmerz aufhört.«

»Sie legen also ein Geständnis ab, dass Sie darüber Bescheid wussten?«

»Was?« Am Telefon herrschte Schweigen, Kerbl dachte schon, dass er aufgelegt hatte.

»Hören Sie!«, sprach Hauser weiter. »Das sind Unterstellungen. Natürlich wusste ich nichts davon. Aber der ganze Vorstand … wie soll ich denn den Verein fortführen? Sagen Sie mir das?«

»Nun, Herr Hauser, das ist bei Gott nicht mein Problem.«

»Aber die Männer sind bestimmt unschuldig. Es gab in dem Haus doch sicher auch eine Erzieherin. Ich glaube, dass die federführend war. Die können Sie einlochen, bis sie schwarz wird. Aber nicht meine Vorstandskollegen, die brauche ich, sofort! Außerdem möchte ich nachdrücklich darauf hinweisen, dass ich viele einflussreiche Leute kenne.«

»Es bricht mir das Herz, Herr Hauser.« Kerbl hatte an der Unterredung seinen Spaß. »Aber ich bin der falsche Ansprechpartner. Sie müssen sich an Staatsanwalt und Richter wenden. Die haben das Sagen. Ich war ja nur der Ermittler. Ah! Herr Hauser, ich habe eine Idee. Sprechen Sie doch diese Herren an. Vielleicht hat ja einer Lust, bei Ihrem Verein mitzuarbeiten?«

Nur mehr das Freizeichen tutete im Hörer. Dieser Hauser würde ihn bestimmt nicht mehr belästigen.

Dafür hatte er sich einen Kaffee verdient.

Als er auf den Gang trat, wäre er fast mit einem Mann zusammengestoßen.

»Herr Major! Was machen Sie auf der Inspektion? Habe Sie noch nie hier gesehen, außer als ich das Protokoll dieses Depplingers aufgenommen habe.«

»Das war einmal. Nachdem dieser Fall abgeschlossen ist, kann ich herkommen, ohne schief angesehen zu werden. Der Chefinspektor ist schließlich mein Freund. Jetzt darf ich ihm problemlos einen Besuch abstatten. Schließlich muss man Freundschaften pflegen«, knurrte er.

»Also, ich habe Sie nie schief angeschaut, glaube ich«, meinte Kerbl verlegen.

»Ja, ja, das Gedächtnis verlässt einen manchmal«, sagte Höfer, doch dann zog ein Lächeln auf sein Gesicht. »Alles in allem waren wir dann aber ein gutes Team, finden Sie nicht?«

»Hundertprozentig!«, streute Kerbl Rosen. »Ich finde es schade, dass Sie nicht mehr im Dienst sind.«

»Ehrlich gesagt, als ich noch aktiv war, hätten Sie keine Freude mit mir gehabt. Ich war immer ein Einzelgänger, hab mir nie etwas dreinreden lassen. Da brauchen Sie nur meine Kollegen fragen. So – jetzt gehe ich aber, Freund Andreas wartet sicher schon.«

Kerbl verzog sich ein wenig verwundert in sein Büro, nippte

am Kaffee und schob lustlos die Aktenstapel von einer Seite auf die andere. Man bräuchte eine Hilfskraft, die den Schreibkram für einen erledigt, dachte er, leider würde das ein Traum bleiben. Hoffentlich kommt bald ein neuer Fall, damit ich nicht am Schreibtisch hocken muss.

Ein frommer Wunsch, der aber sicher nicht gleich in Erfüllung ging.

Papier ist zwar geduldig, aber irgendwann muss man sich doch dazu aufraffen, es zu bearbeiten. Seufzend nahm er sich einen Akt vor.

Es klopfte an der Türe und nach einem wirschen »Ja?« Kerbls stand Höfer im Zimmer.

»Oh! Fleißig, fleißig!«, meinte er, »da will ich Sie nicht lange aufhalten.«

»Ach bitte, tun Sie es«, meinte Kerbl und schlug den Akt zu.

»Wie Sie wollen.« Höfer nahm Platz und streckte die Beine von sich. »Ich habe lange überlegt und nachgedacht. Dann stand mein Entschluss fest. Halten Sie sich fest, Herr Kerbl, sonst fallen Sie mir noch vom Sessel. Unsere Zusammenarbeit sollten wir doch weiterführen. Deswegen habe ich einen neuen Beruf ins Auge gefasst. Ich werde … Privatdetektiv!«

»Ups!«, entfuhr es Kerbl und er klammerte sich an seinen Kaffeebecher.

Teufelslos

Wachau-Krimi von Lisa Gallauner

Gruppeninspektor Staudingers Hochzeitsfeier in den Wachauer Weinbergen scheint ein rauschendes Fest zu werden. Doch dann geschieht etwas Unaussprechliches, und Meierhofers Welt wird mit einem Mal auf den Kopf gestellt. Um diesen Fall zu lösen, der ihm nahegeht wie keiner zuvor, muss er sich seiner Vergangenheit stellen. Immerhin hängt das Glück seines gesamten Teams davon ab. Wird er das tödliche Spiel, in dem er eine tragende Rolle einnimmt, gewinnen können?

978-3-99074-176-4